A TERRA DELAS

Charlotte Perkins Gilman

A TERRA DELAS

Tradução
Jéssica F. Alonso

Principis

Esta é uma publicação Principis, selo exclusivo da Ciranda Cultural
© 2021 Ciranda Cultural Editora e Distribuidora Ltda.

Traduzido do original em inglês
Herland

Texto
Charlotte Perkins Gilman

Editora
Michele de Souza Barbosa

Tradução
Jéssica F. Alonso

Preparação
Valquíria Della Pozza

Produção editorial
Ciranda Cultural

Revisão
Karine Ribeiro

Diagramação
Linea Editora

Design de capa
Ana Dobón

Imagens
Tarskaya_Tatiana/shutterstock.com

Dados Internacionais de Catalogação na Publicação (CIP) de acordo com ISBD

G487t	Gilman, Charlotte Perkins
	A terra delas / Charlotte Perkins Gilman ; traduzido por Jéssica F. Alonso. – Jandira, SP : Principis, 2021.
	192 p. ; 15,5cm x 22,6cm. - (Clássicos da literatura mundial)
	Tradução de: Herland
	ISBN: 978-65-5552-451-2
	1. Literatura americana. 2. Romance. 3. Ficção científica feminista. I. Alonso, Jéssica F. II. Título. III. Série.
2021-1202	CDD 813.5
	CDU 821.111(73)-31

Elaborado por Vagner Rodolfo da Silva - CRB-8/9410

Índice para catálogo sistemático:
1. Literatura americana : Romance 813.5
2. Literatura americana : Romance 821.111(73)-31

1ª edição em 2021
www.cirandacultural.com.br
Todos os direitos reservados.
Nenhuma parte desta publicação pode ser reproduzida, arquivada em sistema de busca ou transmitida por qualquer meio, seja ele eletrônico, fotocópia, gravação ou outros, sem prévia autorização do detentor dos direitos, e não pode circular encadernada ou encapada de maneira distinta daquela em que foi publicada, ou sem que as mesmas condições sejam impostas aos compradores subsequentes.

Sumário

Um feito nada artificial..7

Avanços rápidos..22

Um aprisionamento peculiar...36

Nossa empreitada...52

Uma história única..68

Comparações desagradáveis..84

Nossa crescente modéstia...98

As garotas da Terra Delas... 113

Relações: as nossas e as delas.. 129

Suas religiões e nossos casamentos.. 145

Nossas dificuldades... 159

Expulsos.. 176

Um feito nada artificial

Escrevo isto de memória, infelizmente. Se eu tivesse trazido comigo o material que preparei com tanto cuidado, seria uma história bem diferente. Livros inteiros repletos de anotações, registros copiados com minúcia, descrições inéditas e as fotografias... Elas são a maior perda. Tínhamos algumas aéreas das cidades e dos parques, várias vistas adoráveis das ruas, do exterior e do interior dos prédios, algumas daqueles maravilhosos jardins e, mais importante que tudo, das próprias mulheres.

Ninguém jamais acreditará na aparência delas. Nunca me dei muito bem com descrições, e elas sempre são insatisfatórias quando se trata de mulheres. Mas tenho que fazer isso de alguma forma; o resto do mundo precisa conhecer aquele país.

Não revelo onde fica por receio de que algum autodenominado missionário, comerciante ou expansionista sedento por terras se ache no direito de invadi-lo. Eles não serão bem-vindos, isso eu posso garantir, e se darão pior do que nós caso o encontrem.

Começou assim: éramos três colegas de classe e amigos, Terry O. Nicholson (a quem costumávamos chamar de Velho Nick por uma boa razão), Jeff Margrave e eu, Vandyck Jennings.

Nós nos conhecíamos fazia muitos anos e, apesar das nossas diferenças, tínhamos bastante coisa em comum: os três se interessavam por ciências.

Terry era rico o bastante para fazer o que bem entendesse. Seu maior propósito era a exploração. Ele costumava fazer uma porção de coisas, porque, dizia, não sobrara mais nada a ser explorado, e só lhe restava juntar e costurar tudo. Ele se virava bem, pois era muito talentoso, sobretudo com sistemas mecânicos e elétricos. Tinha uma porção de barcos e veículos motorizados e era um dos nossos melhores pilotos.

Nós jamais teríamos conseguido fazer a coisa toda sem Terry.

Jeff Margrave nasceu para ser um poeta, um botânico (ou os dois), mas seus pais o persuadiram a estudar medicina. Era um bom médico para a idade, mas seu verdadeiro interesse era no que ele adorava chamar de "as maravilhas da ciência".

Quanto a mim, cursei sociologia. É claro que você precisa relacionar tais estudos a várias outras ciências. Interesso-me por todas.

O ponto forte de Terry eram os fatos (geografia, meteorologia e coisas assim), Jeff sempre o superava em biologia, e eu não me importava com o que conversavam, a menos que o assunto estivesse relacionado à vida humana de alguma forma. Poucas coisas ficam de fora.

Nós três tivemos a oportunidade de participar de uma grande expedição científica. Precisavam de um médico, o que deu a Jeff a desculpa que precisava para largar a residência recém-iniciada; precisavam da experiência, das máquinas e do dinheiro de Terry; e eu entrei pela influência dele.

A expedição adentrou por milhares de afluentes e enormes regiões ribeirinhas de um grande rio, onde os mapas ainda precisavam ser traçados, os dialetos selvagens, estudados, e onde esperávamos encontrar todo o tipo de flora e fauna desconhecidas.

Mas esta história não é sobre essa expedição. Ela só foi o ponto de partida da nossa.

A princípio, meu interesse foi despertado ao conversar com nossos guias. Sou rápido com idiomas, sei falar vários e aprendo com facilidade. Graças a isso e a um intérprete excelente que levamos conosco, descobri algumas lendas e mitos folclóricos daquelas tribos isoladas.

Conforme avançávamos rio acima num escuro emaranhado de afluentes, lagos, pântanos e densas florestas, com esporões compridos e inesperados despontando vez ou outra das grandes montanhas mais além, percebi que várias daquelas tribos selvagens contavam a história de uma estranha e terrível Terra de Mulheres ao longe.

"Lá para cima", "bem ali", "seguindo em frente" eram as informações que conseguiam dar, mas todas as lendas concordavam na questão principal: havia um país estranho onde não moravam homens, apenas mulheres e meninas.

Nenhuma dessas pessoas jamais o vira. Elas diziam que era um lugar perigoso e mortal para qualquer homem. Mas havia um conto muito antigo de um corajoso investigador que o tinha visto: País Grande, casas grandes, muita gente... Tudo Mulher.

Ninguém mais tinha ido até lá? Sim, várias pessoas, mas elas nunca voltavam. Não era um lugar para os homens, todos pareciam ter certeza disso.

Contei essas histórias aos meninos, e eles riram delas. É claro que ri também. Eu conhecia a matéria que formava os sonhos dos selvagens.

Contudo, quando alcançamos o ponto mais distante da nossa jornada, um dia antes de darmos meia-volta e começarmos a seguir de volta para casa, como é preciso fazer mesmo nas melhores expedições, nós três descobrimos uma coisa.

O acampamento principal foi montado em uma restinga do ribeirão principal (ou onde pensávamos ser o ribeirão principal). Tinha a mesma cor lamacenta que víamos durante as últimas semanas, o mesmo gosto.

Despreocupadamente, falei sobre aquele rio com nosso último guia, um camarada distinto com olhos rápidos e brilhantes.

Ele me contou que havia outro rio "bem ali, rio pequeno, água doce, vermelho e azul".

Interessei-me e fiquei ansioso para saber se tinha entendido direito. Mostrei a ele um lápis vermelho e outro azul, e perguntei de novo.

Sim, ele apontou para o rio e, em seguida, para Sudoeste:

– Rio... Água boa... Vermelho e azul.

Terry estava perto e ficou interessado no que o camarada estava apontando.

– O que ele está dizendo, Van?

Contei a ele.

O rosto de Terry se iluminou de imediato.

– Pergunte quão longe é.

O homem indicou uma jornada curta, supus algo em torno de duas, talvez três horas.

– Vamos lá! – disse Terry com empolgação. – Só nós três. Talvez encontremos mesmo alguma coisa. Pode ser que tenha cinabre.

– Pode ser índigo – sugeriu Jeff com um sorriso preguiçoso.

Ainda era cedo, tínhamos acabado de tomar o café da manhã, e partimos em silêncio prometendo voltar antes do anoitecer; não queríamos parecer muito ingênuos caso falhássemos, mas tínhamos uma secreta esperança de fazer uma pequena descoberta sozinhos.

Foram duas longas horas, quase três. Acredito que o nativo teria avançado muito mais rápido se estivesse desacompanhado. Troncos e água emaranhavam-se desordenadamente e jamais conseguiríamos atravessar sozinhos aquele caminho pantanoso. Mas havia uma passagem, e notei que Terry, equipado com bússola e caderno, anotava as coordenadas e tentava sinalizar o caminho.

Depois de um tempo, chegamos a uma espécie de lago brejeiro, tão grande que a floresta circundante parecia baixa e escura ao seu redor. Nosso guia nos disse que os barcos podiam seguir dali até o nosso acampamento, mas era "muito longe... dia inteiro".

A água era um pouco mais clara do que a que tínhamos deixado para trás, mas não conseguíamos ver direito da beirada. Margeamos por aproximadamente mais meia hora, o solo cada vez mais firme conforme avançávamos, até enfim dobrarmos um promontório arborizado e nos depararmos com uma paisagem bem diferente: uma visão repentina de montanhas, escarpas e planícies.

– Um daqueles esporões compridos a leste – avaliou Terry. – Podem estar a centenas de milhas da borda. Eles se formam assim.

De repente, deixamos o lago e demos de cara com as falésias. Ouvimos a água corrente antes de alcançá-la, e o guia apontou com orgulho para o rio dele.

Era pequeno. Conseguíamos ver de onde desaguava, uma catarata vertical e estreita em uma abertura na frente da falésia. A água era doce. O guia bebeu com avidez, nós também.

– É água de neve – anunciou Terry. – Deve vir lá de trás das colinas.

Quanto a ser vermelho e azul... Estava mais para esverdeado. O guia não pareceu nada surpreso. Ele andou um pouco ao redor e nos mostrou uma piscina adjacente onde havia manchas vermelhas na margem e, sim, azuis também.

Terry sacou sua lupa e acocorou-se para investigar.

– É algum tipo de produto químico. Não sei dizer qual. Parece uma espécie de corante. Vamos chegar mais perto da queda-d'água – pediu ele.

Arrastamo-nos pela ribanceira íngreme e nos aproximamos da piscina que espumava e borbulhava sob a água que caía. Examinamos a margem e encontramos marcas distintas e coloridas. E mais: Jeff de repente apareceu com um troféu inesperado.

Era só um retalho, um pedaço de tecido comprido e emaranhado. Mas era um pano bem urdido com um padrão e um vermelho-escarlate vívido que a água não foi capaz de desbotar. Nenhuma tribo selvagem das quais ouvimos falar fazia tecidos como aquele.

O guia ficou parado serenamente na ribanceira, satisfeito com nossa empolgação.

– Um dia azul, um dia vermelho, um dia verde – ele nos contou e puxou do bolso outra tira de tecido de cor vibrante. – Desce – afirmou ele, apontando para a catarata. – País de Mulher, lá em cima.

Então ficamos interessados. Descansamos e almoçamos ali mesmo, e pressionamos o homem para nos dar mais informações. Ele apenas nos disse o que os outros já haviam afirmado: uma terra de mulheres, sem homens, com bebês, todas meninas. Não é lugar para homens, perigoso. Alguns foram ver, nenhum voltou.

Percebi o maxilar de Terry se apertar com aquilo. Não é lugar para homens? Perigoso? Parecia prestes a escalar a cachoeira naquele instante. Mas o guia não quis saber de subir, mesmo se houvesse alguma forma de galgar aquela falésia íngreme, tínhamos que reencontrar o grupo antes do anoitecer.

– Talvez eles fiquem se contarmos – sugeri.

Mas Terry parou.

– Olhem só, companheiros – disse ele. – É uma descoberta nossa. Não vamos contar nada àqueles professores velhotes e metidos. Vamos para casa com eles e voltamos para cá depois, só nós, numa pequena expedição independente.

Olhamos para ele, bastante impressionados. Para um grupo de jovens solteiros, havia algo de atraente em encontrar um país desconhecido de natureza amazônica.

É claro que não acreditávamos na história, mas mesmo assim!

– Nenhuma dessas tribos locais faz um tecido como este – anunciei enquanto examinava aqueles retalhos em detalhes. – Alguém fia, tece e tinge em algum lugar lá em cima, do mesmo jeito que fazemos.

A Terra Delas

– Isso significaria uma civilização de nível considerável, Van. Não é possível que exista um lugar assim, e ninguém o conheça.

– Ah, eu não sei... Como chamava mesmo aquela república antiga no alto dos Pirineus? Andorra? Pouquíssimas pessoas a conhecem, e ela está lá cuidando da própria vida há alguns séculos. E tem também Montenegro, um belíssimo e pequeno Estado. Dá para colocar uma dúzia de Montenegros nestas amplas terras.

Discutimos sobre isso com fervor durante todo o caminho de volta para o acampamento. Discutimos com cuidado e em particular durante a viagem para casa. Discutimos depois, ainda somente entre nós, enquanto Terry cuidava das coisas.

Terry estava muito empolgado. Era sorte ele ter tanto dinheiro. Nós teríamos que pedir e anunciar por anos para começar a empreitada, e tudo não passaria de um assunto de deleite público, dando pano para manga aos jornais.

Mas T.O. Nicholson conseguiu equipar seu grande iate a vapor, embarcar sua lancha ampla construída especialmente para a ocasião e ainda encaixar um biplano "desmontado" sem causar nada além de uma nota na coluna social.

Tínhamos provisões, precauções e todo o tipo de suprimentos. A experiência que ele acumulara foi de grande valia nesse caso. Éramos um grupo pequeno e muito bem equipado.

Deixaríamos o iate no porto seguro mais próximo e subiríamos aquele rio interminável com nossa lancha, apenas nós três e um piloto. Depois, desembarcaríamos o piloto naquela última parada que fizemos com o grupo anterior e seguiríamos sozinhos pelas águas claras.

A lancha ficaria ancorada naquele amplo lago fundo. Ela tinha uma cobertura de proteção especial, fina, porém resistente, que se fechava como uma concha.

– Nenhum nativo conseguirá abri-la, nem a danificar, nem a tirar do lugar – explicou Terry, orgulhoso. – Alçaremos voo a partir do lago e o barco será a base para a qual poderemos voltar.

– Se voltarmos – sugeri, animado.

– Está com medo de ser devorado pelas damas? – zombou ele.

– Não temos tanta certeza assim sobre as damas, sabe – falou Jeff de modo arrastado. – Pode ser que haja um contingente de homens com flechas envenenadas ou algo do tipo.

– Você não precisa ir se não quiser – comentou Terry secamente.

– Não ir? Você precisará de um mandado para me impedir! – Jeff e eu tínhamos certeza de que queríamos fazer isso.

Mas nossas opiniões divergiam durante todo o percurso.

Viagens transatlânticas oferecem uma oportunidade excelente para discussões. Agora que não havia abelhudos por perto, podíamos vadiar e descansar nas cadeiras do deque e ficar conversando e conversando... Não tínhamos mais nada para fazer. E a completa falta de informações ampliava ainda mais o campo de discussão.

– Vamos deixar documentos com o cônsul onde o iate vai ficar – planejou Terry. – Se não voltarmos em, digamos, um mês, eles poderão enviar um grupo de resgate para ir atrás de nós.

– Uma expedição punitiva – retruquei. – Se as damas realmente nos devorarem, teremos que nos vingar.

– Não será difícil localizar aquela última parada, e fiz uma espécie de mapa daquele lago, das falésias e da cachoeira.

– Certo, mas como eles vão subir? – perguntou Jeff.

– Do mesmo jeito que nós, é claro. Se três preciosos cidadãos norte-americanos se perderem lá em cima, eles irão atrás de algum jeito. Sem contar as deslumbrantes atrações daquele belo país. Vamos chamá-lo de "Feminísia" – ele parou de falar.

– Você está certo, Terry. Quando a história for divulgada, o rio vai ficar cheio de expedições e as aeronaves subirão como uma nuvem de mosquitos. – Eu ri com esse pensamento. – Erramos feio ao deixar de informar a imprensa clandestina sobre isso. Socorro! Que manchetes seriam!

– Nada disso! – resmungou Terry. – Essa festa é nossa. Vamos encontrar esse lugar sozinhos.

– O que você fará quando encontrá-lo, se isso acontecer? – perguntou Jeff serenamente.

Jeff era uma alma gentil. Acho que ele pensava que aquele país (se existisse mesmo) estaria tomado por rosas, bebês, canários, limpeza, todo esse tipo de coisa.

E Terry, no fundo do coração, visionava uma espécie de estância veranil sublimada; apenas garotas, e garotas, e garotas, e ele achava que seria... Bem, Terry era popular entre as mulheres mesmo quando havia outros homens por perto, e não era de surpreender que tivesse sonhos agradáveis com o que poderia acontecer. Eu via isso em seus olhos, quando o encontrava deitado olhando em direção às compridas ondas azuis, acariciando o imponente bigode.

Mas, na época, eu achava que conseguia vislumbrar uma ideia mais precisa que a deles sobre o que encontraríamos pela frente.

– Vocês estão por fora, meninos – eu insistia. – Se esse lugar existir mesmo (e parece haver algumas bases para acreditar que sim), vocês verão que é construído sobre alguma espécie de princípio matriarcal. É isso. Os homens têm um culto separado, são menos desenvolvidos socialmente do que as mulheres e devem visitá-las uma vez por ano, em uma espécie de visita conjugal. Sabe-se que existiram comunidades assim, esta é uma sobrevivente. Elas devem estar em algum vale ou planalto particularmente isolado lá em cima, e seus costumes primitivos sobreviveram. É só isso.

– E os meninos? – indagou Jeff.

– Ah, os homens os levam embora assim que fazem 5 ou 6 anos, sabe.

– E o que você acha dessa teoria sobre o perigo que todos os nossos guias alegaram com tamanha certeza?

– Pode ser bem perigoso, Terry. E temos que ser extremamente cuidadosos. As mulheres de culturas desse nível são bastante aptas a se defender e não recebem bem visitantes inoportunos.

Conversávamos e conversávamos.

E eu, com todo o meu ar de superioridade sociológica, não estava mais perto da verdade que nenhum dos dois.

Todavia, essas opiniões extremamente indiscutíveis que tínhamos sobre como um país de mulheres poderia ser eram engraçadas em face do que de fato encontramos. Não adiantava dizer que aquilo não passava de especulação aleatória. Não tínhamos o que fazer e especulávamos mesmo, tanto durante a viagem marítima quanto a fluvial.

– Admitindo a improbabilidade... – principiávamos solenemente para, em seguida, começar de novo.

– Elas devem brigar entre si – insistiu Terry. – As mulheres sempre fazem isso. Não vamos nem sonhar em ir atrás de algum tipo de ordem e organização.

– Você está profundamente enganado – contestou Jeff. – Será como um convento em uma abadia: uma irmandade pacífica e harmoniosa.

Funguei com desdém pela ideia.

– Freiras, até parece! Suas irmandades pacíficas eram todas celibatárias, Jeff, e juraram votos de obediência. As daqui são apenas mulheres e mães, e, onde há maternidade, não há irmandade, pelo menos não muita.

– Não, senhor. Elas devem brigar entre si – concordou Terry. – Também nem precisamos ir atrás de invenções ou progresso, elas devem ser terrivelmente primitivas.

– E a tecelagem? – sugeriu Jeff.

– Ó, tecidos! As mulheres sempre foram tecelãs. Mas param por aí. Vocês vão ver.

Caçoamos de Terry por modestamente acreditar que seria bem recebido, mas ele se manteve firme.

– Vocês vão ver – insistia ele. – Vou ser duro com todas elas, e as jogarei umas contra as outras. Serei eleito rei rapidinho... Uhu! Salomão vai ficar para trás.

– E onde nós entramos nessa história? – indaguei. – Vamos nos tornar vizires ou algo do tipo?

– Não poderei arriscar... – afirmou ele com seriedade. – É capaz que vocês comecem uma revolução. Provavelmente farão isso. Não, vocês terão que ser decapitados, ou enforcados, ou seja lá qual for o método de execução mais popular.

– Lembre que é você quem terá que fazer isso! – resmungou Jeff. – Nada de escravos pretos fortes ou mamelucos! E seremos dois contra um, não é, Van?

As ideias de Jeff e Terry eram tão opostas que às vezes tudo o que eu podia fazer era manter a paz entre eles. Jeff idealizava as mulheres no melhor estilo sulista. Ele era cheio de cavalheirismo, sentimentalismo e coisas do tipo. Era um bom homem, vivia segundo seus ideais.

E poderíamos dizer que Terry também, se é que é possível chamar suas convicções sobre as mulheres de algo tão polido como ideais. Eu sempre gostei de Terry. Era um homem muito másculo, generoso, corajoso e esperto, mas acho que nenhum de nós gostava de vê-lo com nossas irmãs nos tempos de faculdade. Estávamos longe de ser intransigentes, mas Terry era "o limite". Tempos depois... Bem, é claro que os homens podem fazer o que bem entendem com sua vida, nós ficávamos quietos e não perguntávamos nada.

Mas, tirando uma possível exceção a favor de uma provável esposa, ou da mãe dele, ou, é óbvio, das belas parentes dos seus amigos, Terry parecia acreditar que as mulheres bonitas serviam apenas para brincar, e nem valia a pena levar as do lar em consideração.

Às vezes era bastante desagradável ver quais eram as opiniões dele.

Mas Jeff também me fazia perder a paciência. Ele imprimia um halo cor-de-rosa sobre as mulheres ao seu redor. Eu ficava no meio do caminho, seguindo muito pela ciência, é claro, e costumava defender o que tinha aprendido sobre as limitações fisiológicas do sexo.

Portanto, nenhum de nós era muito "avançado" nas questões femininas.

Então brincávamos, debatíamos e especulávamos e, após uma viagem interminável, finalmente chegamos ao local do nosso antigo acampamento.

Não foi difícil encontrar o rio, que despontava do lado em que chegamos e era tão navegável quanto o lago.

A coisa começou a ficar realmente excitante quando chegamos e desembarcamos naquele lugar amplo e reluzente, com o promontório cinza alto erguendo-se em nossa direção e a cachoeira branca bem visível à nossa frente.

Mesmo naquela ocasião, consideramos margear a parede rochosa e procurar uma possível trilha, mas a floresta pantanosa fez a sugestão parecer não apenas penosa como também perigosa.

Terry rejeitou o plano com veemência.

– Besteira, amigos! Já decidimos isso. A subida poderia levar meses, nem temos as provisões necessárias. Não, senhores. Temos que aproveitar nossa chance. Se voltarmos em segurança, muito bem. Se não, bem, não seremos os primeiros exploradores a se perder no caos. Há muitas pessoas para vir atrás de nós.

Então montamos o grande biplano e o carregamos com nossa compacta bagagem científica: a câmera, é claro, os binóculos e um suprimento de alimentos concentrados. Nossos bolsos eram um amontoado de pequenos itens necessários e levávamos nossas armas, naturalmente; não sabíamos o que poderia acontecer.

Subimos, e subimos, e subimos bastante a princípio para obter "um panorama da área".

Afastando-se daquele mar verde e escuro que era a floresta, o esporão comprido se erguia de forma abrupta. Parecia percorrer os dois lados da terra e avançar até os picos salpicados de branco ao longe, provavelmente inacessíveis.

– Vamos fazer uma primeira viagem geográfica – sugeri. – Espiamos a região e voltamos para abastecer de novo. Nessa velocidade alta, conseguimos chegar lá e voltar em segurança. Assim, podemos deixar uma espécie de mapa a bordo para a expedição de resgate.

– É uma boa – concordou Terry. – Posso postergar meus planos de me tornar rei da Mulherlândia por mais um dia.

Portanto, fizemos uma longa viagem de reconhecimento, viramos no cabo próximo, subimos por um dos lados do triângulo na melhor velocidade possível, cruzamos a base que se afastava das montanhas mais altas e voltamos ao lago já sob o luar.

– Não é um reino nada mau – concordamos após tê-lo desenhado e medido por cima. Conseguimos calcular bem o tamanho pela nossa velocidade. E, pelo que pudemos ver nas laterais e naquele cume nevado na extremidade oposta, Jeff concluiu:

– Quem conseguir entrar lá com certeza terá realizado um feito bastante selvagem.

É claro que olhamos para a área com avidez, mas nossa altitude era muito elevada e nossa velocidade muito rápida para conseguirmos ver alguma coisa. Parecia ser bem arborizada nas margens, mas o interior contava com planícies amplas, e havia campos semelhantes a parques e espaços abertos em todos os lugares.

Havia cidades também, eu insisti. Pareciam... Bem, pareciam com qualquer outro país civilizado.

Precisamos dormir após aquela longa vasculhada aérea, mas acordamos bem cedo no dia seguinte e subimos de novo suavemente até alcançarmos o topo das árvores frondosas para observarmos a bela e ampla terra ao nosso bel-prazer.

– Subtropical. Parece um clima de primeira. É maravilhoso o que um pouco de altura faz com a temperatura. Terry estudava a extensão da floresta.

— E você chama isso de um pouco de altura? – perguntei. Nossos instrumentos faziam as medições com clareza. É possível que não tenhamos percebido a subida sutil pela costa.

— É um belo pedaço de terra, é isso – continuou Terry. – Agora vamos para o povo. Já vi bastante do cenário.

Então reduzimos a altitude e cruzamos de um lado a outro, cobrindo e estudando a área conforme avançávamos. O que vimos... Agora não consigo mais me lembrar do quanto percebemos na ocasião e quanto foi preenchido pelo que conheceríamos depois, mas não deixamos de notar, mesmo naquele dia empolgante, que era uma terra em perfeito estado de cultivo, na qual até as florestas aparentavam ser bem-cuidadas, uma terra que parecia um parque enorme, contudo, de forma mais evidente, como um gigantesco jardim.

— Não vi nenhum gado – sugeri, mas Terry permaneceu em silêncio. Estávamos nos aproximando de um vilarejo.

Confesso que não demos muita atenção às estradas livres e bem construídas, à arquitetura chamativa ou à beleza organizada da pequena cidade. Estávamos com nossos binóculos; até Terry manteve a máquina em um voo espiral e levou as lentes aos olhos.

Ouviram o zunir da nossa hélice. Correram para fora das casas e reuniram-se nos campos, figuras leves e ligeiras, montes delas. Observamos e observamos até quase ser tarde demais para agarrar as alavancas, segurá-las e subir de novo, mantendo o ritmo durante uma longa subida.

— Céus! – falou Terry depois de um tempo.

— Só tem mulheres lá. E crianças! – completou Jeff, empolgado.

— Mas elas parecem... Qual! É um país CIVILIZADO! – protestei. – Deve ter homens.

— É claro que tem homens – concordou Terry. – Vamos procurá-los.

Ele se recusou a acatar a sugestão de Jeff para examinarmos um pouco mais a região antes de nos arriscarmos a sair da nossa máquina.

– Há um belo lugar de pouso bem ali onde passamos – insistiu ele. E era mesmo um local excelente, uma pedra ampla e plana acima do lago, um pouco fora de vista do interior.

– Elas não chegarão aqui tão cedo – afirmou ele conforme descíamos com dificuldade para uma trilha mais segura. – E aí, meninos? Havia algumas beldades naquele bando, hein?

É claro que estávamos sendo insensatos.

Posteriormente, foi fácil perceber que nosso melhor plano teria sido estudar a região um pouco mais antes de deixarmos nossa ligeira aeronave e nos aventurarmos numa caminhada. Mas éramos três moços. Falávamos daquele país fazia mais de um ano, dificilmente acreditando que pudesse existir um lugar desses e, agora, estávamos lá.

O lugar nos pareceu bastante seguro e civilizado e naquelas frontes amontoadas que olhavam para cima, embora algumas estivessem apavoradas, havia muita beleza; todos concordávamos com isso.

– Vamos! – exclamou Terry, seguindo em frente. – Ó, vamos logo! Rumo à Terra Delas!

Avanços rápidos

Avaliamos que aquele último vilarejo não estava a mais de vinte e cinco quilômetros da pedra em que pousamos. Apesar de toda a nossa ansiedade, consideramos sábio ficar na floresta e ir com cuidado.

Até o entusiasmo de Terry amenizou graças à sua firme convicção de que havia homens por ali, e percebemos que todos nós tínhamos um bom estoque de cartuchos.

– Pode ser que não sejam muitos e estejam escondidos em algum lugar. Alguma espécie de matriarcado, como Jeff nos falou. Por isso, eles podem morar nas montanhas ao longe e manter as mulheres nessa parte do país, como um tipo de harém nacional! Mas os homens estão em algum lugar. Vocês não viram os bebês?

Nós três havíamos visto os bebês, crianças grandes e pequenas em todos os lugares em que tínhamos nos aproximado o suficiente para distinguir as pessoas. E, embora não tivéssemos convicção sobre todas as pessoas adultas por causa das vestimentas, decerto não conseguíamos ter certeza de ter visto algum homem.

– Sempre gostei daquele ditado árabe que diz: "Confia em Alá, mas amarra seu cavalo primeiro" – murmurou Jeff.

A Terra Delas

Portanto, mantínhamos as armas em mãos e avançávamos cuidadosamente pela floresta. Terry a estudava enquanto prosseguíamos.

– Falando em civilização... – exclamou ele baixinho, refreando seu entusiasmo. – Nunca vi uma floresta tão bem-cuidada, nem na Alemanha. Vejam, não tem nenhum galho seco. As videiras estão de fato podadas! E olhem só aqui. – Ele parou e olhou ao redor, chamando atenção de Jeff para as espécies das árvores.

Os dois me deixaram como ponto de referência e fizeram uma breve excursão pelos arredores.

– São frutíferas, praticamente todas elas – anunciaram ao retornar. – O resto é de madeira de altíssima qualidade. Chamamos isso de floresta? É uma fazenda!

– Que bom que temos um botânico conosco – concordei. – Tem certeza de que não tem nenhuma medicinal? Ou puramente ornamental?

Na verdade, eles estavam certos. Aquelas árvores enormes eram tão bem cultivadas quanto repolhos. Em outras condições, teríamos encontrado aquelas matas repletas de belas silvicultoras e colhedoras de frutas, mas uma aeronave é um objeto suspeito e nada silencioso, e as mulheres são cautelosas.

Os únicos seres que encontramos se mexendo entre as árvores foram os pássaros, alguns muito bonitos, outros cantores, todos tão dóceis que pareciam quase contradizer nossa teoria sobre o cultivo, pelo menos até chegarmos a pequenas clareiras com bancos e mesas esculpidas em pedra, dispostas na sombra ao lado de fontes límpidas, sempre junto de banheiras rasas para os passarinhos.

– Aqui não se mata pássaros e, aparentemente, matam-se gatos – constatou Terry. – TEM QUE TER homens aqui. Ouçam!

Ouvimos alguma coisa bem diferente do canto de um passarinho e muito semelhante a uma risada abafada; um breve som alegre suprimido de chofre. Paramos como cães de caça e, em seguida, usamos nossos binóculos com rapidez e cuidado.

– Não deve ter sido muito longe – afirmou Terry, animado. – Naquela árvore grande?

Havia uma árvore muito ampla e bonita na clareira onde tínhamos acabado de entrar, seus galhos grossos expandiam-se e inclinavam-se para fora em camadas, como uma faia ou um pinheiro. Estava podada a até uns seis metros acima do chão e parecia um grande guarda-chuva com assentos ao redor.

– Vejam – prosseguiu ele. – Deixaram pequenos troncos para escalar. Acho que deve ter alguém naquela árvore.

Aproximamo-nos com cuidado.

– Cuidado para não levar uma flecha envenenada no olho – adverti, mas Terry seguiu em frente mesmo assim, pulou no encosto do banco e agarrou o tronco.

– É mais provável que atinja o meu coração – respondeu. – Ei! Vejam, rapazes!

Corremos para perto e olhamos para cima. Havia alguma coisa entre os galhos no alto... mais de uma coisa. Estavam imóveis, a princípio agarradas perto do tronco principal e, depois, quando todos nós começamos a escalar a árvore, separaram-se em três figuras ágeis e voaram lá para cima. Conforme subíamos, víamos de relance como debandavam sobre nossa cabeça. Quando chegamos o mais longe que três homens juntos ousavam chegar, elas se afastaram do tronco principal em direção às extremidades, cada uma se balançando num galho comprido que afundava e balançava por conta do peso.

Paramos, incertos. Se continuássemos, os galhos poderiam se quebrar com a carga dobrada. Talvez pudéssemos tê-las derrubado balançando os galhos, mas nenhum de nós estava disposto a fazer isso. Descansamos um pouco naquela luz suave e salpicada do alto, sem fôlego por causa da escalada rápida, e estudávamos com avidez os objetos da nossa perseguição; elas, por sua vez, não demonstravam mais medo do que um grupo de crianças brincando de pega-pega, sentadas com tanta leveza quanto aqueles vários pássaros grandes e radiantes em seus poleiros, encarando-nos com curiosidade e franqueza.

– Garotas! – sussurrou Jeff muito baixo, como se elas pudessem voar caso ele falasse mais alto.

– Chuchuzinhos! – acrescentou Terry quase no mesmo tom. – Docinhos de coco! *Fiu-fiu!*

Eram garotas, sem dúvida, nenhum garoto teria uma beleza tão reluzente, mas, mesmo assim, nenhum de nós teve certeza logo de cara.

Seus cabelos eram curtos e brilhantes, estavam soltos, e elas não usavam chapéus; vestiam roupas de um tecido leve e firme, pareciam túnicas com calções que terminavam em elegantes perneiras. Balançavam-se em nossa frente tão radiantes e tranquilas quanto papagaios, e tão ignorantes do perigo também, totalmente relaxadas, encaravam-nos conforme as fitávamos até que a primeira e, em seguida, todas as outras, explodissem em uma gargalhada deleitosa.

Em seguida, uma torrente de conversas serenas se passou entre elas, não era uma cantoria selvagem, mas uma fala fluente e melódica.

Recebemos seu riso com respeito e tiramos o chapéu para elas, o que resultou em mais risos agradáveis.

Então Terry, muito seguro de si, fez um discurso polido com gestos explicativos e começou a nos apresentar, apontando em nossa direção.

– Sr. Jeff Margrave – falou com clareza. Jeff se curvou da forma mais graciosa possível trepado na árvore. – Sr. Vandyck Jennings. – Eu também tentei fazer uma saudação e quase perdi o equilíbrio.

Depois, Terry colocou a mão sobre o próprio peito (e que belo peitoril ele tinha) e se apresentou. Ele estava agarrado com firmeza e conseguiu fazer uma excelente reverência.

Elas riram de novo com prazer e a mais próxima de mim seguiu a mesma tática.

– Celis – disse com clareza apontando para a de azul. – Alima – para a de rosa. Em seguida, com uma imitação vívida do jeito imponente de Terry, colocou uma mão firme e delicada no seu gibão amarelo esverdeado, e falou: – Ellador.

Aquilo foi amigável, mas não nos aproximamos.

– Não podemos ficar sentados aqui aprendendo a língua delas – protestou Terry. Ele acenou para que se aproximassem quase em triunfo, mas elas apenas balançaram a cabeça com animação. Por sinais, sugeriu que todos nós descêssemos juntos, mas elas negaram de novo com a cabeça, ainda alegres. Em seguida, Ellador indicou com clareza que nós tínhamos que descer, apontando para cada homem com uma firmeza inquestionável, e, com um gesto do braço pequeno, insinuou que não era apenas para descermos, mas também para irmos embora de uma vez por todas. Dessa vez, fomos nós que negamos com a cabeça.

– Vou ter que usar uma isca. – Terry sorriu. – Não sei vocês, rapazes, mas eu vim preparado.

De um dos bolsos, ele tirou uma caixinha de veludo roxo que se abriu com um estalido e puxou uma coisa comprida e brilhante, um colar de grandes pedras coloridas que valeria uma pequena fortuna se fossem verdadeiras. Segurou-o e balançou-o fazendo com que brilhasse sob o sol, e ofereceu primeiro a uma delas, depois à outra, segurando o mais longe possível na direção da garota mais próxima. Ele continuava no galho, uma mão segurava com firmeza enquanto a outra, balançando sua tentação brilhante, alongava-se, mas ainda sem esticar completamente o braço.

Percebi que ela estava visivelmente impressionada e, hesitante, conversou com suas colegas. Elas tagarelaram suavemente, sem dúvida uma a estava advertindo e a outra, incentivando. Então, com calma e lentidão, ela se aproximou. Esta era Alima, uma moça de membros compridos, coesa e nitidamente forte e ágil. Seus olhos eram esplêndidos, grandes, destemidos, tão insuspeitos quanto os de uma criança jamais repreendida. Seu interesse parecia mais o de um rapaz determinado envolvido em uma brincadeira fascinante do que o de uma menina encantada por um enfeite.

A Terra Delas

As outras se afastaram um pouco segurando com firmeza e observando. O sorriso de Terry era impecável, mas não gostei do seu olhar; ele parecia uma criatura pronta para dar o bote. Eu já estava vendo: o colar largado, a mão agarrada de repente, o grito agudo da garota enquanto ele a pegava e puxava para si. Mas isso não aconteceu. Ela tentou alcançar a coisa brilhante timidamente com a mão direita, ele a aproximou um pouco mais, então, rápido como a luz, ela tirou o colar dele com a mão esquerda e o jogou no mesmo instante para o galho de baixo.

Ele tentou agarrá-la em vão, quase caindo quando sua mão encontrou apenas o ar e, em seguida, com uma rapidez inconcebível, as três criaturas radiantes tinham ido embora. Elas pularam das extremidades dos galhos grandes em direção aos de baixo, quase escorrendo para fora da árvore, enquanto nós descíamos da melhor forma que conseguíamos. Ouvimos suas risadas alegres desaparecendo, vimos as moças fugir na amplitude da floresta e fomos atrás delas, mas era o mesmo que perseguir antílopes selvagens, então, enfim, paramos, um pouco sem fôlego.

– Não adianta – ofegou Terry. – Elas levaram embora. Os homens deste país devem ser bons corredores! Podem apostar!

– Habitantes arbóreos, evidentemente – sugeri com indiferença.
– Civilizados, e ainda arbóreos. Que povo peculiar.

– Você não devia ter usado essa tática – Jeff se opôs. – Elas estavam totalmente amigáveis, agora nós as assustamos.

Mas não adiantava reclamar, e Terry se recusava a admitir qualquer erro.

– Bobagem – falou ele. – Elas esperavam por isso. As mulheres gostam de ser perseguidas. Bem, vamos até aquela cidade, talvez as encontremos por lá. Deixem-me ver… Era nessa direção e não muito longe da floresta, se me lembro bem.

Quando chegamos às margens da área aberta, exploramos um pouco com nossos binóculos. Lá estava ela a cerca de seis quilômetros, a mesma cidade, concluímos, a menos que todas tivessem casas rosa, como Jeff palpitou. Os amplos campos verdejantes e os jardins cuidadosamente cultivados estavam ficando para trás, seguimos por uma ladeira comprida com boas estradas que faziam curvas suaves aqui e ali e vias mais estreitas nas laterais.

– Olhem só para isso! – exclamou Jeff de repente. – Elas estão ali!

Era verdade; três figuras coloridas corriam rapidamente atravessando um prado aberto próximo da cidade.

– Como elas chegaram tão longe em tão pouco tempo? Não devem ser as mesmas – argumentei. Mas pelos binóculos conseguimos identificar as belas escaladoras de árvores com nitidez, pelo menos pelas roupas.

Terry as observou; na verdade, todos nós fizemos isso até desaparecerem no meio das casas. Em seguida, ele abaixou o binóculo e se virou para nós suspirando profundamente.

– Macacos me mordam! Rapazes, que garotas incríveis! Escalar daquele jeito! Correr daquele jeito! E elas não têm medo de nada. Este país me parece ótimo. Vamos continuar.

– Quem não arrisca não petisca – sugeri.

Mas Terry preferiu:

– Ama-se mais o que se conquista com esforço.

Continuamos caminhando com energia.

– Se houver homens aqui, é melhor ficarmos de olho – sugeri, mas Jeff parecia perdido em devaneios divinos, e Terry em planos bastante práticos.

– Que estrada perfeita! Que país adorável! Vocês viram as flores?

Era Jeff, sempre um entusiasta. Mas concordávamos totalmente com ele.

A estrada era construída com algum material manufaturado, levemente inclinada para escoar a água da chuva, todas as curvas, desníveis e meios-fios tão perfeitos quanto as melhores estradas europeias.

– Sem homens, é? – desdenhou Terry.

Do outro lado, uma fileira dupla de árvores sombreava as calçadas. Entre elas havia arbustos ou trepadeiras, todas frutíferas, e bancos e pequenas fontes laterais em intervalos determinados; flores por todos os lados.

– É melhor importamos algumas dessas mulheres para arborizar os Estados Unidos – sugeri. – Que lugarzinho adorável elas têm aqui.

Descansamos um pouco ao lado de uma das fontes, experimentamos frutas que pareciam maduras e continuamos, impressionados durante todo nosso alegre desbravamento pela sensação potente e tranquila que pairava sobre nós.

Era óbvio que elas tinham pessoas altamente habilidosas e eficientes para cuidar do seu país como um florista cuida das suas orquídeas mais preciosas. Andamos despreocupados sob aquele aveludado céu azul brilhante e limpo, na agradável sombra daquelas intermináveis fileiras de árvores, o silêncio plácido quebrado apenas pelos passarinhos.

Enfim chegamos aos pés de uma colina alta, na cidade ou no vilarejo que buscávamos. Paramos e estudamos o lugar.

Jeff respirou profundamente.

– Eu jamais acreditaria que um conjunto de casas pudesse ser tão gracioso – falou.

– Devem ter arquitetos e paisagistas de monte, com certeza – concordou Terry.

Eu também estava impressionado. Sou da Califórnia, sabe, e não há lugar mais agradável do que aquele, mas, quando se trata de cidades... Com frequência lamentei-me em casa ao ver a bagunça ultrajante que o homem fez na natureza, mesmo não sendo um aficionado da arte como Jeff. Mas esse lugar! Quase todas as construções eram de uma espécie de pedra rosa-pastel, havia algumas casas brancas aqui e ali, tudo espalhado entre os bosques e os jardins verdejantes como um rosário de coral rosa quebrado.

– Aqueles grandes prédios brancos são repartições públicas, obviamente – declarou Terry. – Não tem nada de selvagem aqui, meus amigos. Mas sem homens? Rapazes, convém avançarmos com mais educação.

O lugar tinha uma aparência antiga e ficava cada vez mais impressionante conforme nos aproximávamos.

– Parece uma exposição.

– É bonito demais para ser verdade.

– Muitos palácios, mas onde estão as casas?

– Ah, tem algumas pequenas ali, mas...

Com certeza, aquilo era diferente de qualquer cidade que já tínhamos visto.

– Não tem poluição – falou Jeff de repente. – Não tem fumaça – acrescentou pouco depois.

– Não tem barulho – sugeri.

Mas Terry me esnobou:

– Isso porque eles estão escondidos esperando por nós. Melhor ter cuidado quando entrarmos ali.

Nada era capaz de convencê-lo a ficar longe, então seguimos em frente.

Tudo era beleza, organização e limpeza, e uma agradável sensação de lar pairava em toda a parte. Conforme nos aproximávamos do centro da cidade, as casas foram ficando mais próximas, agrupando-se em palácios labirínticos entre parques e praças abertas; pareciam construções universitárias imóveis em seus gramados silenciosos.

Em seguida, virando uma esquina, chegamos a um espaço amplo e pavimentado e encontramos em nossa frente um bando de mulheres paradas bem próximas umas das outras, evidentemente esperando por nós.

Estancamos por um momento e olhamos por cima do ombro. A rua de trás fora fechada por outro bando que marchava de forma compassada, ombro a ombro. Continuamos (parecia que não tínhamos outra opção) e nos vimos cercados por aquela multidão compacta de mulheres, todas elas, mas...

Não eram jovens. Não eram velhas. No sentido feminino, não eram belas. Não eram nem um pouco agressivas. E, mesmo assim, quando olhei de fronte em fronte, calmas, sérias, sábias, completamente destemidas e nitidamente seguras e determinadas, senti algo muito engraçado, um sentimento bastante nítido que resgatei após cavoucar no fundo da memória. Era aquela sensação de estar desamparado no erro, algo que senti com tanta frequência nos anos da minha mais tenra infância, quando minhas pernas curtas falhavam em superar o fato de eu estar atrasado para a escola.

Jeff sentiu também, eu percebi. Nós nos sentíamos como meninos pequenos, bem pequenos, pegos em flagrante fazendo alguma traquinagem na casa de alguma mulher elegante. Mas Terry não demonstrava tal consciência. Vi seus olhos rápidos para cá e para lá estimando quantidades, medindo distâncias, avaliando as chances de fuga. Ele examinou os pelotões que nos cercavam, aproximando-se por todos os lados, e murmurou para mim em voz baixa:

– Ponho minha mão no fogo que todas elas têm mais de 40 anos.

Contudo, não eram mulheres velhas. Todas estavam na flor da idade, demonstravam uma saúde viçosa, estavam eretas, serenas, paradas firmes sobre seus pés e leves como qualquer pugilista. Elas não tinham armas, nós tínhamos, mas não queríamos atirar.

– Seria como se eu atirasse nas minhas tias – murmurou Terry de novo. – O que querem conosco afinal? Parece que desejam negociar.

Mas, apesar da aparência conciliatória, ele estava determinado a testar sua tática preferida. Terry veio armado com uma teoria.

Ele deu um passo à frente com seu sorriso vistoso e gracioso e fez uma mesura profunda para as mulheres diante dele. Em seguida, tirou outro regalo, um lenço macio, largo e translúcido, cheio de cores e padrões, realmente adorável até para meus olhos, e o ofereceu com uma reverência profunda à mulher alta e séria que parecia chefiar o pelotão dianteiro. Ela o pegou com um aceno gentil de reconhecimento e o passou para as que estavam logo atrás.

Ele tentou de novo, desta vez tirando uma tiara de strass, uma coroa brilhante que teria agradado a qualquer mulher terrena. Apontou rapidamente para mim e para Jeff, incluindo-nos na negociação, e ofereceu o adorno com outra reverência. O presente foi aceito novamente e tirado de vista, como antes.

– Se elas fossem mais jovens... – murmurou entredentes. – Que diabos um rapaz pode dizer a um regimento de coronéis velhacas como essas?

Em todas as nossas discussões e especulações, sempre pressupúnhamos inconscientemente que as mulheres fossem jovens, não importa a aparência delas. Acredito que a maior parte dos homens pense assim.

A abstração da "mulher" é jovem e, supomos, charmosa. Conforme envelhecem, elas saem de cena de alguma forma, quase sempre passando à propriedade privada. Mas essas boas mulheres estavam muito em cena e, ainda assim, qualquer uma delas poderia ser avó.

Procuramos por nervosismo; não havia nenhum.

Por terror, talvez; não havia.

Por desconforto, curiosidade, agitação, mas apenas encontramos algo semelhante a um comitê de vigilância de médicas, supertranquilas, obviamente planejando nos repreender por estarmos ali.

Seis delas se apresentaram e nos escoltaram, uma de cada lado, fazendo-nos entender que devíamos acompanhá-la. Julgamos ser melhor obedecer, pelo menos a princípio, e caminhamos junto delas, que andavam bem colocadas ao nosso lado, as outras em blocos compactos na frente, atrás e nas duas laterais.

Um prédio amplo apareceu diante de nós, um local impressionante de pesadas paredes grossas, grande e de aparência antiga, construído com uma pedra cinza e diferente do resto da cidade.

– Aí não dá! – Terry nos falou rapidamente. – Não podemos deixar que nos coloquem lá dentro, rapazes. Agora, todos juntos...

Paramos de caminhar. Começamos a explicar e a fazer sinais apontando em direção à grande floresta, avisando que voltaríamos para lá de uma vez por todas.

Sabendo o que sei agora, dou risada ao pensar em nós, três garotos, nada além disso, três garotos audaciosos e impertinentes penetrando em um país desconhecido sem nenhum tipo de guarda ou defesa. Parece que pensávamos que, se houvesse homens, seríamos capazes de lutar contra eles e, se houvesse só mulheres, bem, não haveria obstáculo algum.

Jeff com suas noções delicadas, românticas e ultrapassadas das mulheres como seres subservientes. Terry com suas teorias lógicas, definitivas e práticas de que existiam dois tipos de mulheres: as que ele queria, e as que não queria; sua demarcação se limitava a Desejável ou Indesejável. Esta última formava um grupo grande, mas negligenciável; ele jamais pensara sobre elas.

E, agora, elas estavam ali em grande quantidade, evidentemente indiferentes ao que ele poderia pensar, evidentemente decididas por algum intuito próprio para com ele e, aparentemente, bastante capazes de fazer valer tal intuito.

Estávamos todos numa sinuca de bico. Não parecia inteligente discordar em avançar com elas, mesmo se isso fosse possível; nossa única chance era a cordialidade, uma atitude civilizada de ambos os lados.

Mas, uma vez dentro daquele prédio, não tínhamos como saber o que aquelas damas determinadas fariam conosco. Não pensamos nem em uma detenção pacífica, e, quando chamamos de aprisionamento, parecia ainda pior.

Então passamos a nos defender, tentando deixar claro que preferíamos ficar na área aberta. Uma delas se aproximou com um desenho da nossa aeronave, perguntando com gestos se éramos os visitantes aéreos que elas tinham visto.

Confirmamos.

Apontaram para o desenho de novo e para diferentes direções no entorno, mas fingimos que não sabíamos onde estava (na verdade, não tínhamos muita certeza) e indicamos sua localização de forma um tanto vaga.

Elas nos forçaram a avançar mais uma vez, ficando tão próximas perto da porta que só nos restava seguir em frente. Tudo à nossa volta e atrás delas era um bloco sólido; não tínhamos o que fazer a não ser avançar ou voar.

Conversamos, os três.

– Eu nunca briguei com mulheres em toda a minha vida – afirmou Terry, bastante perturbado –, mas não entrarei ali. Não serei pastoreado lá para dentro como se fôssemos gado no brete.

– Não podemos brigar com elas, é claro que não – Jeff se apressou. – São todas mulheres, apesar das roupas unissex, e bondosas também, com rostos bons, fortes e razoáveis. Acho que temos de entrar.

– Talvez nunca mais saiamos se fizermos isso – falei. – Fortes e razoáveis pode até ser, mas não tenho tanta certeza sobre serem bondosas. Vejam esses rostos!

Elas estavam tranquilas e esperavam enquanto conversávamos, mas não baixaram a guarda.

Sua atitude não parecia a disciplina rígida dos soldados, não havia uma sensação de compulsão entre elas. O termo "comitê de vigilância", usado por Terry, era uma ótima descrição. Tinham a aparência de cidadãs determinadas, reunidas às pressas para atender a alguma necessidade ou ameaça em comum, todas movidas pelas mesmíssimas sensações e tendo a mesma finalidade.

Nunca, em nenhum lugar, eu tinha visto mulheres com características semelhantes. Talvez as peixeiras e as feirantes demonstrem uma força parecida, porém são grosseiras e pesadas. Elas eram apenas atléticas, leves e poderosas. Professoras colegiais, universitárias, escritoras... várias mulheres revelam uma inteligência semelhante, mas com frequência trazem uma aparência forçada e nervosa, enquanto aquelas pessoas eram calmas como vacas, apesar do seu nítido intelecto.

Observamos com bastante atenção naquele instante, pois todos sentíamos ser um momento crucial.

A líder deu alguma palavra de ordem e nos pressionou, e o bloco circundante se aproximou mais um passo.

– Temos que decidir logo – falou Terry.

– Eu voto para entrarmos – Jeff se apressou. Mas éramos dois contra um, e ele lealmente se manteve ao nosso lado. Fizemos mais um pedido para que nos deixassem ir embora, com urgência, mas sem implorar. Em vão.

– Vamos correr agora, rapazes! – ordenou Terry. – E, se não conseguirmos afastá-las, atirarei para cima.

Foi aí que parecemos as sufragistas forçando entrada nos edifícios do Parlamento inglês através daquele cordão triplo de policiais londrinos.

A solidez daquelas mulheres era realmente impressionante. Terry logo percebeu que era inútil, desistiu por um instante, sacou o revólver e atirou para cima. Quando elas o pegaram, ele atirou de novo... E ouvimos um grito.

Instantaneamente, cada um de nós foi agarrado por cinco mulheres, cada uma segurando uma perna, um braço ou a cabeça, e fomos erguidos como crianças (crianças indefesas e escanchadas) e levados para dentro nos debatendo, é claro, mas sem sucesso.

Levaram-nos para dentro, brigávamos com macheza, mas elas nos seguravam feminilmente, apesar dos nossos grandes esforços.

Carregados e segurados desse jeito, chegamos a um amplo saguão interno, cinza e simples, e colocados diante de uma majestosa mulher grisalha que parecia ocupar algum cargo forense.

Elas conversaram um pouco entre si e, de repente, recaiu sobre cada um de nós uma mão firme segurando um pano úmido em cima da nossa boca e do nosso nariz... Uma ordem para um mergulho agradável... Anestesia.

Um aprisionamento peculiar

Despertei lentamente de um descanso profundo como a morte, tão revigorante quanto o de uma criança saudável.

Era como flutuar cada vez mais para o alto em um oceano morno e profundo, cada vez mais próximo da luz plena e do ar agitado. Ou como retomar a consciência depois de uma concussão no cérebro. Uma vez caí do cavalo quando visitava um país montanhoso e selvagem que me era desconhecido e lembro-me com clareza da experiência mental que foi voltar à vida passando por véus de sonho. Quando ouvi pela primeira vez ao longe as vozes daqueles ao meu redor e vi os picos nevados brilhantes daquela suntuosa cordilheira, imaginei que aquilo também tinha passado e que eu estava na minha casa.

A experiência desse despertar foi exatamente a mesma: atravessando ondas de visões embaralhadas semicompreendidas, memórias de casa, o barco a vapor, a lancha, a aeronave, a floresta… Uma coisa após a outra até que meus olhos estivessem totalmente abertos, meu cérebro, desanuviado, e eu compreendesse o que tinha acontecido.

A sensação mais proeminente era de um absoluto conforto físico. Eu estava deitado em uma cama perfeita: comprida, larga e macia, almofadada com firmeza e nivelada, uma roupa de cama elegante, um acolchoado leve e uma colcha que agradava o olhar. O lençol caía uns quarenta centímetros, eu podia esticar as pernas livremente e meus pés continuavam quentes e cobertos.

Eu me sentia tão leve e alvo quanto uma pluma branca. Demorei algum tempo para me conscientizar dos meus braços e pernas, para sentir a vívida sensação da vida irradiando do centro desperto para as extremidades.

Era um quarto amplo, alto e largo, com várias janelas pomposas cujas venezianas fechadas conferiam ao lugar uma atmosfera tranquila e esverdeada; um cômodo belo tanto por sua proporção quanto pelas cores e pela simplicidade agradável; o perfume dos jardins floridos lá de fora me alcançava.

Eu estava deitado totalmente imóvel, bastante feliz e consciente, e ainda não tinha percebido de fato o que acontecera até ouvir Terry.

– Meu Deus! – foi o que ele disse.

Virei a cabeça. Havia três camas nesta câmara e bastante espaço para elas.

Terry estava sentado e olhava ao redor, alerta como sempre. Sua observação, embora feita em voz baixa, também despertou Jeff. Nós nos sentamos.

Terry jogou as pernas para fora da cama, levantou-se, espreguiçou-se com força. Ele vestia uma camisola comprida de uma espécie de tecido sem costura, indiscutivelmente confortável. Descobrimos que nós três estávamos vestidos assim. Havia sapatos ao lado de cada cama, também bastante confortáveis e bonitos, embora nada parecidos com os nossos.

Procuramos nossas roupas. Elas não estavam ali, assim como nenhum dos inúmeros objetos que carregávamos nos bolsos.

Havia uma porta entreaberta que dava para um banheiro bastante formoso e abundantemente equipado com toalhas, sabonetes, espelhos e todas as comodidades convenientes, inclusive nossas esçovas de dente e nossos pentes, cadernos de anotações e relógios (ainda bem), mas nada das nossas roupas.

Então vasculhamos o grande quarto mais uma vez e encontramos um guarda-roupa amplo com várias vestimentas, mas não as nossas.

– Conselho de guerra, rapazes! – exigiu Terry. – Voltem para a cama, pelo menos elas são boas. Então, meu amigo cientista, vamos avaliar nosso caso com imparcialidade.

Ele estava se referindo a mim, mas Jeff parecia bastante impressionado.

– Elas ao menos não nos machucaram! – clamou. – Poderiam ter nos matado ou... Ou... Ou feito qualquer outra coisa, mas nunca me senti tão bem em toda a minha vida.

– Isso dá a entender que são todas mulheres – sugeri – e altamente civilizadas. Você sabe que atingiu uma delas naquele último tumulto, eu a ouvi gritar, e nós chutamos muito.

Terry ria da nossa cara.

– Vocês têm noção do que essas donzelas fizeram conosco? – indagou ele com prazer. – Elas tiraram todas as nossas coisas, todas as nossas roupas, cada coisinha. Essas mulheres altamente civilizadas nos desnudaram, lavaram e nos colocaram na cama como bebezinhos de um ano.

Jeff corou. Ele tinha uma imaginação poética. A imaginação de Terry também era farta, mas de natureza diferente. E a minha também era outra. Eu sempre me vangloriei de ter uma imaginação científica que, aliás, considerava a mais elevada. Acredito que todos tenham o direito de um pouco de egotismo, desde que fundamentado em fatos e mantido para si mesmo.

– Não adianta brigar, meninos – falei. – Elas nos pegarem e, ao que tudo indica, devem ser perfeitamente inofensivas. Só nos resta bolar algum plano de fuga, como qualquer outro herói capturado faria. Enquanto isso, vamos usar essas vestimentas. É uma escolha de Hobson.

Os trajes eram muito simples e bastante confortáveis fisicamente, embora nos fizessem parecer vigias de teatro. Havia uma roupa de baixo de algodão, uma peça única fina e macia que passava dos joelhos e dos ombros (semelhante ao pijama de uma peça usado por alguns homens) e uma espécie de meia que vinha até abaixo dos joelhos e era presa ali pelo elástico que tinha na ponta.

Depois, uma variante mais grossa de macacão de baixo, o armário tinha vários deles com espessuras diferentes, feitos com um material mais firme; certamente poderiam ser usados sem outra coisa. Tinha também túnicas na altura dos joelhos e alguns robes compridos. Nem preciso dizer que pegamos as túnicas.

Nós nos banhamos e nos vestimos com certa animação.

– É, não é tão ruim... – admitiu Terry, observando seu reflexo num espelho comprido. Seu cabelo estava um pouco mais longo do que quando passamos no barbeiro pela última vez, e os chapéus que nos deram pareciam aqueles dos príncipes dos contos de fadas, só faltava a pluma.

O traje lembrava o de todas as mulheres, apesar de algumas delas, as que vimos trabalhando nos campos com nossos binóculos quando sobrevoamos pela primeira vez, vestirem apenas as duas primeiras peças.

Alinhei os ombros e estiquei os braços, comentando:

– O que posso dizer sobre elas, é que criaram uma roupa bastante razoável – todos concordamos nesse ponto.

– Bem, tiramos um belo e longo cochilo – proclamou Terry –, tomamos um ótimo banho, estamos vestidos e com a cabeça no lugar, apesar de estarmos nos sentindo assexuados. Vocês acham que essas donzelas altamente civilizadas nos darão algum café da manhã?

– É claro que sim – respondeu Jeff com segurança. – Se elas quisessem nos matar, já teriam feito isso antes. Acho que seremos tratados como convidados.

– Aclamados como salvadores – complementou Terry.

– Estudados como curiosidades – intervi eu. – De qualquer forma, queremos comer. Cadê a saída?

Mas não foi assim tão fácil encontrá-la.

O banheiro dava apenas para o nosso quarto, que só tinha uma saída, uma porta grande e pesada que estava trancada.

Paramos e ouvimos.

– Tem alguém lá fora – afirmou Jeff. – Vamos bater.

Batemos e a porta se abriu.

Havia outro cômodo amplo do lado de fora, decorado com uma mesa grande em uma extremidade, bancos compridos ou sofás na parede e algumas mesas e cadeiras. A estrutura de toda a mobília era robusta, forte e simples, além de ser confortável e, de quebra, muito bonita.

Essa sala estava ocupada por várias mulheres (dezoito, para ser exato), e pudemos reconhecer com clareza algumas delas.

Terry suspirou, decepcionado.

– As coronéis! – eu o ouvi sussurrar para Jeff.

Este, contudo, avançou e fez a melhor reverência que conseguiu. Nós o imitamos e fomos recebidos com cordialidade por aquelas mulheres altas.

Não foi preciso fazer pantomimas patéticas de fome, pois já havia comida nas mesas menores e, sérias, as mulheres nos convidaram a sentar. As mesas estavam postas para duas pessoas, cada um de nós foi colocado cara a cara com uma das anfitriãs e outras cinco partidárias mantinham-se por perto de cada dupla, observando discretamente. Tínhamos bastante tempo até nos cansarmos daquelas senhoras!

O café da manhã não era abundante, mas satisfatório e de excelente qualidade. Éramos viajantes bons demais para negar novidades, e aquela refeição com frutas novas e deliciosas, pratos com castanhas saborosas e deliciosos bolinhos foi bastante agradável. Para beber havia água e uma bebida quente de ótima qualidade, alguma coisa semelhante ao cacau.

E foi ali, quando menos esperávamos, antes que tivéssemos saciado nosso apetite, que nossa educação começou.

Ao lado dos nossos pratos havia um livro pequeno, impresso de verdade, embora diferente dos nossos tanto em relação ao papel quanto à encadernação e, é claro, à tipografia. Nós os examinamos com muita curiosidade.

— Pelas barbas do profeta! — murmurou Terry. — Vamos aprender a língua!

Era mesmo para aprendermos a língua, mas não só isso, tínhamos que ensinar a nossa. Havia cadernos em branco com colunas paralelas riscadas com esmero, obviamente preparadas para a ocasião, e, conforme aprendíamos e escrevíamos o nome de qualquer coisa, elas pediam que ao lado escrevêssemos o termo no nosso idioma.

O livro que usávamos para estudar sem dúvidas era uma cartilha que as crianças recebiam para aprender a ler e, levando em consideração esse fato e suas frequentes consultas aos métodos, percebemos que elas não tinham experiência na arte de ensinar seu idioma para estrangeiros, tampouco em aprender um novo.

Por outro lado, o que lhes faltava em experiência era compensado com genialidade. Aquela compreensão sutil, aquela identificação instantânea das nossas dificuldades e a prontidão em atendê-las nos surpreendiam constantemente.

É claro que estávamos dispostos a encontrá-las no meio do caminho. Seria de grande valia para nós conseguir entendê-las e conversar com elas. Quanto a uma recusa em ensiná-las, por que faríamos isso? Mais tarde de fato tentamos nos rebelar, mas só uma vez.

Aquela primeira refeição foi bastante agradável, e estudamos nossas acompanhantes em silêncio; Jeff com sincera admiração, Terry com aquele seu olhar técnico de especialista (como se ele fosse um domador de leões, um encantador de serpentes ou algum profissional do tipo). Eu estava muitíssimo interessado.

Era evidente que aqueles grupos de cinco estavam ali para impedir qualquer surto da nossa parte. Não tínhamos armas e, se tentássemos fazer algum mal (usando uma cadeira, por exemplo), cinco contra um era bastante coisa, mesmo elas sendo mulheres; o que acabamos descobrindo na marra. Não era agradável tê-las sempre por perto, mas logo nos acostumamos.

– Melhor isso do que nos reprimir fisicamente – sugeriu Jeff filosoficamente quando estávamos sozinhos. – Elas nos deram um quarto (sem grandes possibilidades de fuga) e liberdade pessoal (bastante vigiada). São condições muito melhores das que teríamos recebido se tivéssemos entrado em um país de homens.

– País de homens! Você acredita mesmo que não tem homens aqui, seu inocente? Não percebe que é impossível? – indagou Terry.

– Ah, sim... – concordou Jeff. – É claro. Mas mesmo assim...

– Mesmo assim o quê? Diga lá, seu sentimentalista obdurado, no que você está pensando?

– Pode ser que elas tenham alguma divisão de trabalho peculiar sobre a qual nunca ouvimos falar – sugeri. – Os homens podem morar em cidades separadas, ou terem sido subjugados de alguma forma e são mantidos calados. Mas eles devem existir.

– Essa última sugestão é uma boa, Van – Terry se inquietou. – Assim como elas nos subjugaram e calaram! Ai, senti até um calafrio.

– Bem, imagine como quiser. Vimos várias crianças no primeiro dia, e vimos também aquelas garotas...

– Garotas de verdade! – concordou Terry bastante aliviado. – Que bom que você falou delas. Podem ter certeza de que, se eu achasse que não há mais nada neste país além daquelas granadeiras, eu pularia pela janela.

– Falando em janelas... – sugeri. – Vamos examinar as nossas.

Olhamos por todas elas. As venezianas se abriram com facilidade e não havia grades, mas a visão não era muito tranquilizadora.

Não estávamos na cidade de paredes cor-de-rosa na qual entráramos de supetão no dia anterior. Nosso quarto ficava no alto, em uma asa proeminente de uma espécie de castelo construído sobre um esporão rochoso e escarpado. Logo abaixo havia jardins frutíferos e aromáticos, mas suas paredes altas acompanhavam a borda do penhasco que descia de forma íngreme, e não era possível saber onde terminava. O som de água ao longe indicava um rio no sopé.

Tínhamos vista para o Leste, o Oeste e o Sul. O descampado aberto se abria a Sudeste, iluminado e belo naquela luz matinal, mas montanhas altas se erguiam nos dois lados e, sem dúvida, atrás dele também.

– Isso aqui é uma fortaleza mesmo. E nenhuma mulher a construiu, podem ter certeza – afirmou Terry. Concordamos com a cabeça.

– Estamos bem no alto das colinas, elas devem ter nos trazido por um longo caminho.

– Vimos alguns veículos se movimentando rapidamente no primeiro dia – recordou Jeff. – Se elas tiverem motores, são civilizadas MESMO.

– Civilizadas ou não, temos que pensar num plano para sair daqui. Não proponho fazermos uma corda de lençóis e nos arriscarmos nessas falésias até ter certeza de que não existe um jeito melhor.

Todos aquiescemos neste ponto e voltamos a debater sobre as mulheres.

Jeff continuou, pensativo:

– Apesar de tudo, tem alguma coisa engraçada... – argumentou. – Não é só que não vemos nenhum homem, mas também não vemos sinais deles. A reação dessas mulheres é diferente de qualquer outra que já vi...

– Você tem mesmo razão, Jeff – concordei. – Tem uma... atmosfera diferente.

– Elas não parecem notar que somos homens – continuou ele. – Elas nos tratam... bem, elas nos tratam como se tratam entre si. É como se o fato de sermos homens fosse um detalhe insignificante.

Fiz que sim com a cabeça. Eu também tinha percebido isso. Mas Terry interpôs com grosseria:

– Que besteira! – falou. – É por causa da idade avançada delas. São todas vovós, estou falando para vocês. Ou poderiam ser. Tiazonas, de qualquer modo. Aquelas garotas que eram garotas de verdade, não é?

– É... – concordou Jeff, ainda lentamente. – Mas elas não tiveram medo. Subiram naquela árvore e se esconderam como moleques colegiais que foram encontrados onde não deviam estar, não como meninas tímidas. E corriam como maratonistas, você precisa admitir, Terry – acrescentou.

Terry começou a ficar rabugento conforme os dias passavam. Parecia se incomodar com o confinamento mais que Jeff ou eu, e não parava de pensar em Alima e em quão perto esteve de capturá-la. Dizia com certa selvageria:

– Se eu a tivesse pegado, teríamos uma refém e poderíamos ter negociado do nosso jeito.

Mas Jeff estava se dando muito bem com a tutora dele e até com suas guardas, assim como eu. Interessava-me profundamente observar e estudar as diferenças sutis entre essas mulheres e as outras, e tentar compreendê-las. No que se referia à aparência física, havia uma grande diferença. Todas usavam cabelos curtos com alguns centímetros de comprimento no máximo, alguns eram cacheados, outros lisos, todos leves, limpos, exalando frescor.

– Se o cabelo delas fosse comprido, elas pareceriam muito mais femininas – reclamava Jeff.

Eu, no entanto, passei a gostar depois de ter me acostumado. É difícil explicar por que admiramos tanto "a coroa de cabelos de uma mulher", e não o trançado de um chinês, exceto por estarmos tão convencidos de que o cabelo comprido "pertence" à mulher. Mesmo assim, cavalos e éguas têm crinas, e só os leões, os búfalos e outras criaturas do sexo masculino têm jubas. Mas eu realmente senti falta no começo.

Nosso tempo era preenchido de forma bastante agradável. Estávamos livres para circular nos jardins sob nossas janelas, compridos em seu formato irregular margeando o penhasco. As paredes eram perfeitamente lisas e altas, terminando na alvenaria do prédio. Ao estudar aquelas pedras grandes, me convenci de que toda a estrutura era extremamente velha. Foi construída nos moldes da arquitetura pré-Inca peruana, monolitos enormes encaixados como mosaicos.

– Esse povo tem história, podem acreditar – falei aos outros. – E em algum momento foram guerreiros, senão, por que ter um forte?

Eu falei que éramos livres para circular no jardim, mas não ficávamos completamente sozinhos. Sempre tinha uma porção daquelas mulheres fortes e incômodas sentadas por perto, uma delas estava o tempo todo nos vigiando, mesmo quando as outras liam, brincavam ou se ocupavam com algum trabalho manual.

– Quando as vejo tricotar, quase consigo chamá-las de femininas – disse Terry.

– Isso não prova nada – retrucou Jeff de imediato. – Os pastores escoceses também tricotam o tempo inteiro.

– Quando sairmos... – Terry se espreguiçava e olhava para os picos longínquos – ... Quando sairmos daqui e voltarmos para onde estão as mulheres de verdade, as mães e as garotas...

– O que faremos? – perguntei um pouco de mau humor. – Como você sabe que algum dia sairemos daqui?

Essa era uma ideia comum entre nós, que nos impelia a voltar a estudar com avidez.

– Se formos bons meninos e aprendermos as lições direitinho... – sugeri. – Se formos calmos, respeitosos e educados, e elas não tiverem medo da gente, talvez elas nos deixem ir embora. E, em todo caso, quando fugirmos, será de extrema importância sabermos o idioma.

Pessoalmente, eu estava interessadíssimo naquela língua. Quando vi que elas tinham livros, fiquei ansioso para pegá-los e mergulhar em sua história, caso elas tivessem uma.

Não era difícil de falar, era suave e agradável aos ouvidos e tão fácil de ler e escrever que fiquei maravilhado. Elas tinham um sistema completamente fonético, tudo era tão científico quanto o esperanto e, ainda assim, trazia todas as marcas de uma civilização antiga e próspera.

Tínhamos liberdade para estudar quanto quiséssemos, e elas não nos deixavam apenas circular no jardim para fins recreativos, mas também nos mostraram um grande ginásio que ocupava um pouco do terraço e do andar de baixo. Foi lá que realmente aprendemos a respeitar nossas guardas esguias. Não era preciso se trocar para participar das atividades, bastava tirar os trajes de cima. Tratava-se de uma roupa perfeita para fazer exercícios, permitia a livre movimentação e, preciso reconhecer, era muito mais bonita que a nossa.

– Quarenta anos! Mais de quarenta! Aposto que algumas têm até mais de cinquenta, e olhem para elas! – resmungava Terry em relutante admiração.

As mulheres não faziam acrobacias espetaculares que só as mais jovens são capazes de executar, mas tinham um corpo excelente por serem já tão maduras. Tudo era acompanhado por música, posturas dançadas e, às vezes, belas apresentações processionais.

Jeff ficou muito impressionado. Na ocasião, não sabíamos que aquilo era uma parcela ínfima dos seus métodos de cultura física, mas concordamos em assistir e participar.

Ó, sim, nós participávamos! Não era totalmente compulsório, mas achávamos que era melhor agradar.

Terry era o mais forte dos três, embora eu fosse o mais esguio e equilibrado, e Jeff era um ótimo corredor e saltador de obstáculos, mas aquelas senhoras nos deram uma canseira, pode acreditar. Corriam como corças. O que quero dizer é que elas não corriam como se estivessem se exercitando, mas como se aquele fosse seu andar natural. Lembramo-nos daquelas garotas rápidas que encontramos em nossa primeira e feliz aventura e concluímos que era isso mesmo.

Também saltavam como corças, com um rápido movimento de flexão das pernas, pulavam e pousavam ao lado torcendo o corpo lateralmente. Recordei-me daquela guinada para a frente, como uma águia aberta, que alguns homens usam para cruzar a linha de chegada, e tentei aprender o truque. Mesmo assim, não conseguíamos acompanhar com facilidade aquelas especialistas.

– Jamais imaginei que viveria para receber ordens de um bando de velhas acrobatas – protestava Terry.

Elas também tinham jogos, uma porção deles, mas, a princípio, os achamos um pouco desinteressantes. Lembravam duas pessoas jogando paciência para ver quem acabaria primeiro, era mais uma corrida ou uma prova competitiva do que um jogo de verdade com disputas.

Filosofei um pouco sobre isso e disse a Terry que aquilo contrariava a ideia de terem algum homem por perto.

– Elas não têm nenhum jogo masculino – concluí.

– Mas são interessantes. Eu gosto deles – contrapôs Jeff. – E tenho certeza de que são educacionais também.

– Estou de saco cheio de ser educado – queixou-se Terry. – Imaginem só, ir a uma escola de garotas, e na nossa idade! Quero ir embora!

Mas não podíamos ir embora, e estávamos sendo educados rapidamente. Nossas tutoras especiais logo conquistaram a nossa estima. Seu caráter parecia um pouco mais refinado que o das guardas, embora todas fossem amigáveis. A minha chamava-se Somel, a de Jeff, Zava, e a de Terry, Moadine. Tentamos generalizar os nomes, tanto das guardas quanto das nossas três garotas, mas não chegamos a lugar algum.

– O som é bonito e, no geral, eles são curtos, mas não há terminações semelhantes, nem dois nomes repetidos. Contudo, nosso conhecimento ainda é limitado.

Tínhamos tanta coisa para perguntar, tão logo conseguíssemos falar bem o suficiente. Nunca vi um ensino melhor. Somel estava disponível de manhã até à noite, exceto entre as duas e as quatro da tarde, sempre amável e demonstrando uma constante gentileza amigável que aprendi a apreciar bastante. Jeff dizia que a senhorita Zava (ele colocou um título, embora, aparentemente, elas não tivessem nenhum) era uma querida que o fazia lembrar de sua tia Esther em casa; mas Terry se recusava a ser conquistado e zombava da companheira dele quando estávamos sozinhos.

– Estou cansado disso! – protestava. – Cansado disso tudo. Estamos aqui confinados e desamparados como órfãos de 3 anos, e elas ficam nos ensinando o que consideram necessário, gostemos ou não. Para o diabo, essas velhacas insolentes!

Mesmo assim, aprendíamos. Elas trouxeram um mapa do próprio país em alto-relevo, belíssimo, e expandiram nosso conhecimento sobre os termos geográficos; contudo, quando pedíamos por informações sobre as terras além, elas negavam com um sorriso.

Trouxeram figuras, não apenas as ilustrações dos livros, mas estudos coloridos de plantas, árvores, flores e pássaros. Trouxeram ferramentas e vários objetos pequenos. Tínhamos vários materiais na nossa escola.

Se não fosse por Terry, estaríamos muito mais satisfeitos. Todavia, conforme as semanas foram se transformando em meses, ele passou a ficar cada vez mais irritadiço.

– Não aja como um urso com a cabeça machucada – implorava eu. – Nós estamos nos dando muito bem. Conseguimos entendê-las cada dia melhor e muito em breve poderemos pedir de forma razoável para que nos deixem sair e...

– Nos deixem sair? – explodiu ele. – Nos DEIXEM sair? Parece que somos crianças de castigo depois da escola! Eu quero IR EMBORA e farei isso. Quero encontrar os homens deste lugar e lutar! Ou as garotas...

– Acho que são as garotas que mais lhe interessam – comentou Jeff. – Você vai lutar com o quê? Os punhos?

– Sim. Ou gravetos e pedras. Eu queria muito! – E Terry ficou em posição de guarda e deu um soco de leve no maxilar de Jeff. – Só para variar um pouco – disse ele. E continuou: – Enfim, podíamos voltar para a nossa máquina e dar o fora.

– Se ela ainda estiver lá – sugeri com cuidado.

– Ah, por favor, Van! Se não estiver lá, desceremos de algum jeito. Eu acho que o barco deve estar no mesmo lugar.

Estava difícil para Terry, tão difícil que ele enfim nos convenceu a pensar num plano de fuga. Era complicado e muito perigoso, mas ele declarou que iria sozinho se não o acompanhássemos, e é claro que não podíamos permitir que aquilo acontecesse.

Parecia que ele tinha estudado cuidadosamente o ambiente. Da nossa última janela voltada para o promontório, podíamos ter uma bela noção do tamanho do muro e da queda logo abaixo. Também conseguíamos enxergar mais além no terraço, em um lugar via-se até uma espécie de trilha embaixo do muro.

– Precisamos de três coisas – afirmou ele. – Cordas, agilidade e não sermos vistos.

– Esta última é a parte mais difícil – argumentei, ainda com a esperança de dissuadi-lo. – Sempre há um par de olhos em nós, todos os minutos, exceto à noite.

– Portanto, teremos que fazer isso durante à noite – foi a resposta.

– Isso é fácil.

– Temos que pensar que, se elas nos pegarem, talvez não nos tratem tão bem depois – comentou Jeff.

– É um risco que temos que correr. Eu irei de qualquer jeito, mesmo se for para quebrar meu pescoço.

Ele estava irredutível.

O problema da corda não era simples. Precisávamos de algo forte o bastante para segurar um homem e longo o suficiente para nos descer até o jardim e, depois, ao longo do muro. Havia várias cordas fortes no ginásio (elas pareciam adorar balançar e escalar nelas), mas nunca as tínhamos conosco.

Era preciso fabricá-la com nossos lençóis, carpetes e roupas; além do mais, tínhamos que fazer isso depois de sermos trancados à noite, pois o lugar era perfeitamente limpo todos os dias por duas das nossas guardiãs.

Não tínhamos tesouras nem facas, mas Terry era criativo.

– Essas madames têm vidro e porcelana, vocês sabem. Vamos quebrar um vidro do banheiro e usá-lo. O amor encontra seus caminhos – murmurou ele. – Quando estivermos todos do lado de fora da janela, deixaremos a altura de três homens e cortaremos a corda o mais alto que conseguirmos, para sobrar mais para o muro. Sei onde está a trilha lá embaixo, tem uma árvore grande, uma trepadeira ou algo assim, já vi sua copa.

O risco parecia insano, mas, de certo modo, a expedição era de Terry e todos nós estávamos cansados do aprisionamento.

Então esperamos a lua cheia, recolhemo-nos cedo e passamos uma ou duas ansiosas horas na fabricação pouco habilidosa daquela corda resistente a três homens.

Não foi difícil se esconder nas profundezas do armário, envolver um vidro num pano grosso e quebrá-lo sem fazer barulho. Cacos de vidro realmente cortam, embora não com tanto primor quanto uma tesoura.

O luar claro irradiava por quatro das nossas janelas (não ousamos manter as luzes acesas por muito tempo), e trabalhamos com rapidez e afinco naquela destruição.

Cortinas, carpetes, robes, toalhas, roupas de cama, até as capas dos colchões, não sobrou nada para contar história, como Jeff bem colocou.

Então, em uma janela do fundo, menos passível de observação, prendemos uma extremidade do nosso cabo com firmeza na dobradiça da veneziana interna e jogamos com cuidado nossa corda enrolada.

– Esta parte é fácil. Vou por último para cortar a corda – disse Terry.

Então desci primeiro e fiquei bem rente ao muro, Jeff subiu em meus ombros e Terry veio em seguida, balançando-nos um pouco ao serrar a corda sobre a cabeça. Escorreguei lentamente até o chão, Jeff me seguiu e logo estávamos os três a salvo no jardim com a maior parte da nossa corda conosco.

– Adeus, Vovó! – sussurrou Terry, e engatinhamos sorrateiramente até o muro, aproveitando cada sombra de arbusto e árvore. Ele tinha se preparado bem e marcou o lugar, apenas um arranhão de pedra na pedra, mas estava claro e conseguíamos enxergar bem. Um arbusto nodoso e alto ao lado do muro serviria para a ancoragem.

– Agora vou subir em vocês dois de novo e passar primeiro – explicou Terry. – Isso vai manter a corda firme até vocês chegarem ao topo. Depois vou descer até o fim. Se eu conseguir passar facilmente, podem me seguir. Melhor ainda, vou balançar a árvore três vezes. Se eu achar que não dá pé de jeito nenhum, subirei de novo, e pronto. Não acho que elas vão nos matar por isso.

Lá de cima, ele examinou com cuidado, fez um aceno e sussurrou um "certo" antes de passar para o outro lado. Jeff escalou e eu o segui, e ambos trememos um pouco ao ver aquela silhueta oscilante balançar e descer, uma mão após a outra, até desaparecer em meio à folhagem distante.

Em seguida, vimos três puxões rápidos na copa, e Jeff e eu seguimos nosso líder, não sem a agradável sensação de recuperar nossa liberdade.

Nossa empreitada

Estávamos em uma saliência estreita, irregular e deveras inclinada; sem dúvida teríamos escorregado vergonhosamente e quebrado o pescoço se não fosse pela trepadeira. Era uma planta com folhas espessas e copa ampla, parecia uma videira de uvas selvagens.

– Não é TÃO vertical aqui, estão vendo? – falou Terry cheio de orgulho e entusiasmo. – Este arbusto não vai segurar todo nosso peso, mas, se meio que escorregarmos por ele um de cada vez segurando com os pés e as mãos, chegaremos à próxima saliência vivos.

– Como não queremos voltar pela corda… E, obviamente, ficar aqui neste lugar não é nada confortável… Eu concordo – disse Jeff solenemente.

Terry escorregou primeiro, dizendo que nos mostraria como um cristão encara a morte. A sorte estava conosco. Vestíamos aquela roupa intermediária mais grossa, tínhamos deixado as túnicas para trás e conseguimos concluir aquela escalada com sucesso, embora eu tenha sofrido uma queda bem grande no fim e só consegui chegar à segunda saliência com muito esforço. A próxima etapa era descer uma espécie de chaminé, uma fissura longa e irregular através da qual finalmente alcançamos o riacho, não sem ganhar vários arranhões e hematomas doloridos.

Estava mais escuro ali, mas sentíamos que era necessário nos afastar o máximo possível, então avançamos pela água, saltamos e rastejamos por aquele leito fluvial rochoso sob a tremeluzente alternância entre luz do luar e sombra das árvores até que o sol nascente nos obrigou a parar.

Encontramos uma deliciosa árvore frutífera daquelas castanhas grandes e saborosas que já conhecíamos tão bem, e enchemos os bolsos com elas.

Percebo que ainda não falei que aquelas mulheres tinham bolsos em quantidades e variedades surpreendentes. Estavam em todas as vestimentas, e as intermediárias eram especialmente cheias deles. Então nos abastecemos com castanhas até ficarmos inchados como prussianos em ordem de marcha, bebemos o máximo que conseguimos e descansamos pelo restante do dia.

Não estávamos em um lugar muito confortável, certamente não era fácil chegar ali. Consistia numa fenda em uma ribanceira íngreme, mas era seca e estava escondida por um véu de folhas. Após nossa exaustiva fuga atropelada, que durou umas três ou quatro horas, e o farto café da manhã, nos deitamos ali (um com a cabeça no pé do outro) e dormimos até o sol vespertino quase torrar os nossos rostos.

Terry cutucou minha cabeça com um pé provocativo.

– Tudo bem por aí, Van? Ainda está vivo?

– Bastante – respondi-lhe. Jeff também estava animado.

Tínhamos espaço para nos espreguiçar sem virar, mas conseguíamos rolar com cuidado, um de cada vez, atrás da folhagem protetora.

Não adiantava sair dali em plena luz do dia. Não conseguíamos ver muita coisa do país, mas o bastante para saber que estávamos no começo da área cultivada e, sem dúvida, um alarme havia sido disparado por todos os lados.

Terry ria consigo mesmo, deitado naquela beirada estreita e rochosa. Escarnecia da frustração das nossas guardas e tutoras com várias observações descorteses.

Recordei-o de que ainda tínhamos um longo caminho pela frente antes de chegarmos ao local onde deixamos nossa máquina, e a probabilidade de a encontrarmos era baixa, mas ele só me chutou de leve, chamando-me de resmungão.

– Ou soma ou some – reclamou ele. – Eu nunca disse que sairíamos para fazer um piquenique. Mas prefiro fugir pelos campos congelados do Antártico a me tornar prisioneiro.

Logo pegamos no sono de novo.

O longo descanso e o calor seco e penetrante nos fizeram bem, e avançamos consideravelmente naquela noite, sempre margeando o cinturão florestal e selvagem que sabíamos circundar o país inteiro. Às vezes chegávamos perto da borda e tínhamos uma vista repentina da gigantesca profundeza logo abaixo.

– Esta parte sobe como uma coluna de basalto – observou Jeff. – Vai ser uma experiência ótima se tivermos que descer, caso elas tenham confiscado nossa máquina! – E recebeu uma breve repreensão pela hipótese.

Dali só conseguíamos ver relances enluarados do interior do país, e durante o dia ficávamos deitados muito próximos uns dos outros. Como Terry disse, não queríamos matar aquelas velhas senhoras, mesmo se pudéssemos. Apesar disso, elas eram totalmente capazes de nos pegar e levar de volta, se nos descobrissem. Não havia o que fazer a não ser ficarmos abaixados e nos esgueirarmos sem ser vistos, se conseguíssemos.

Também não conversávamos muito. À noite era aquela corrida de obstáculos, "nenhum breque nos parava, nenhuma pedra nos detinha"[1],

---

[1] Referência à balada *Lochinvar* no poema épico "Marmion", de Walter Scott, publicado em 1808. Na passagem original, lê-se *"He stayed not for brake, and he stopped not for stone"*. (N.T.)

e nadávamos quando a água era profunda demais para ser atravessada a pé ou margeada, mas isso só foi necessário duas vezes. De dia dormíamos, doce e profundamente. Tínhamos muita sorte por poder ficar às margens do país como fizemos. Até aquelas bordas da floresta pareciam ricas em alimentos.

Mas Jeff sabiamente sugeriu que isso revelava quão cuidadosos precisávamos ser, pois poderíamos dar de cara com algum grupo de partidárias jardineiras, silvicultoras ou colhedoras a qualquer instante. Estávamos muito atentos, certos de que, se não conseguíssemos dessa vez, provavelmente não teríamos outra oportunidade. Enfim chegamos a um local do qual conseguíamos ver, bem ao longe, um trecho comprido daquele lago tranquilo a partir de onde subimos.

– Parece-me ótimo! – exclamou Terry, olhando para baixo. – Se não encontrarmos o avião, sabemos aonde ir caso tenhamos que nos afastar desse muro de algum outro jeito.

A falésia era particularmente hostil ali. O declive era tão acentuado que tínhamos que colocar a cabeça para fora para ver a base, e a terra lá embaixo parecia um emaranhado pantanoso de profusa vegetação. Não precisamos arriscar tanto nosso pescoço pois, ao passar pelas rochas e árvores como selvagens escaladores, chegamos àquele lugar plano onde havíamos pousado e, com uma sorte inacreditável, encontramos a nossa máquina.

– E está coberta, minha nossa! Quem diria que elas teriam tamanho bom senso? – exclamou Terry.

– E é capaz que elas tenham ainda mais – adverti com cautela.

– Aposto que a coisa está sendo vigiada.

Examinamos da melhor forma possível sob o luar (a natureza da Lua é pouquíssimo confiável), mas o começo da alvorada nos mostrou aquela forma familiar envolta por um tecido parecido com uma lona, e não havia sinal de vigias por perto. Decidimos avançar rapidamente assim que a claridade estivesse forte o bastante para realizarmos um trabalho preciso.

— Não me importa se essa velharia vai funcionar ou não — declarou Terry. — Podemos empurrá-la até a borda, embarcar e planar até lá embaixo e *ploft!* Bem ao lado do barco. Olha ele ali!

Sem dúvida aquele era nosso barco a motor, boiando como um casulo cinza no espelho pálido da água.

Em silêncio, mas rapidamente, seguimos em frente e começamos a puxar os fechos da capa.

— Diabos! — bradou Terry com desolada impaciência. — Elas costuraram a aeronave em uma bolsa! E não temos facas!

Então, enquanto puxávamos aquele tecido grosso, ouvimos um barulho que fez Terry levantar a cabeça como um cavalo de guerra: era o som inconfundível de uma risada. Sim, três risadas.

Lá estavam elas, Celis, Alima, Ellador, com a mesma aparência da primeira vez que as vimos, paradas a uma certa distância, tão interessadas e travessas quanto três rapazes colegiais.

— Espere, Terry. Espere! — adverti. — Está fácil demais. Pode ser uma armadilha.

— Vamos apelar ao coração gentil delas — pediu Jeff. — Acho que elas podem nos ajudar. Talvez tenham facas.

— Não adianta atacá-las — eu me ative exclusivamente a Terry. — Sabemos que elas correm e escalam melhor do que nós.

Ele admitiu isso com relutância e, após conversarmos um pouco, avançamos lentamente em direção a elas, de mãos dadas em sinal de amizade.

Elas ficaram quietas até chegarmos bem perto e, então, nos mandaram parar. Para confirmar, demos mais um ou dois passos, e elas se afastaram imediatamente com rapidez. Paramos na distância especificada. Em seguida, nós nos esforçamos ao máximo para fazer nosso pedido no idioma delas, dizendo que estávamos sendo mantidos como prisioneiros e tínhamos escapado (houve muita pantomima do nosso lado e um vívido interesse do delas), explicamos como viajamos durante a noite e nos escondemos durante o dia, comendo apenas castanhas e, nessa hora, Terry fingiu estar com muita fome.

Eu sabia que ele não poderia estar com fome, tínhamos encontrado bastante comida e não estávamos economizando com isso. Mas elas pareceram um pouco impressionadas e, depois de um debate murmurado entre si, tiraram dos bolsos pequenos pacotes e os jogaram em nossas mãos com extrema facilidade e precisão.

Jeff ficou muitíssimo grato, Terry fez gestos extravagantes de admiração, e elas acreditaram (assim como os meninos costumam fazer) que aquilo era um convite para que mostrassem suas habilidades. Enquanto comíamos os excelentes biscoitos que nos deram e Ellador ficava de olho nos nossos movimentos, Celis se afastou um pouco e montou uma espécie de jogo de equilíbrio com uma noz grande e amarela em cima de três gravetos equilibrados; nesse meio-tempo, Alima saiu para recolher pedras.

Elas nos incentivaram a jogar, e assim o fizemos, mas a distância era grande e foi apenas após vários erros, dos quais aquelas jovens e perversas moças riam com prazer, que Jeff conseguiu derrubar a estrutura inteira. Eu demorei ainda mais e Terry ficou em terceiro, para seu enorme incômodo.

Depois Celis montou o pequeno tripé de novo e olhou para trás em nossa direção, derrubando e apontando, balançando seus cachos curtos com seriedade.

"Não", dizia. "Ruim! Errado!" Conseguíamos acompanhá-la bem.

Em seguida, Celis montou tudo mais uma vez, colocou a noz gorducha em cima e virou-se para as outras. Aquelas meninas azucrinantes se sentaram e revezaram para jogar as pedrinhas, enquanto a outra se mantinha como um cão de caça, e conseguiram derrubar apenas a noz em duas das três tentativas, sem sequer tocar nos gravetos. Elas estavam muito encantadas, e nós fingimos estar também, mas não era verdade.

Ficamos bem amistosos durante o jogo, mas falei a Terry que provavelmente nos arrependeríamos se não fôssemos embora enquanto podíamos, e então imploramos por facas. Foi fácil mostrar o que queríamos fazer, e cada uma delas retirou um tipo de canivete robusto do bolso.

– Sim! – falamos com avidez. – É isso! Por favor... – Tínhamos aprendido um pouco da língua delas, sabe. E imploramos por aquelas facas, mas elas não as dariam para nós. Se dávamos um passo à frente, elas se afastavam, preparadas para uma fuga rápida.

– Não adianta – falei. – Vamos conseguir alguma pedra afiada ou algo assim. Precisamos tirar isso.

Então fomos atrás das coisas mais afiadas possível e tentamos cortar o tecido, mas parecia que estávamos cortando uma lona com uma concha.

Terry cortava e puxava, mas nos disse entredentes:

– Rapazes, estamos com uma boa vantagem. Vamos partir para o tudo ou nada e agarrar essas garotas. Precisamos fazer isso.

Elas tinham se aproximado um pouco para observar nossos esforços, e realmente as pegamos de surpresa. Além disso, como Terry afirmou, o treinamento recente tinha fortalecido nosso condicionamento físico e nossos membros e, por alguns instantes desesperadores, as garotas ficaram assustadas, e nós quase triunfamos.

Contudo, a distância entre nós se alargou bem quando esticamos as mãos, elas pegaram o ritmo e, mesmo quando corremos na maior velocidade que conseguíamos e nos afastamos muito mais do que eu julgava inteligente, elas se mantiveram inalcançáveis.

A Terra Delas

Finalmente paramos, sem fôlego, após minhas repetidas broncas.
– É uma grande tolice – argumentei. – Elas estão fazendo de propósito. Voltem ou vocês vão se arrepender.

Retornamos numa velocidade muito menor e estávamos mesmo arrependidos.

Ao alcançarmos nossa máquina encapada e tentarmos novamente tirar a capa, formas robustas surgiram ao nosso redor, os rostos determinados que conhecíamos tão bem.

– Ó, céus! – rosnou Terry. – As coronéis! É o fim da linha. São quarenta contra um.

Não adiantava brigar. Era óbvio que aquelas mulheres contavam com a quantidade, não tanto como um pelotão treinado, mas como uma multidão que age por um impulso em comum. Elas não davam sinais de medo e, como não tínhamos armas nem nada parecido e havia pelo menos cem delas, sendo que dez estavam bem próximas, nos rendemos da forma mais garbosa possível.

É claro que esperávamos uma punição (mais tempo de aprisionamento, quiçá um confinamento na solitária), mas não aconteceu nada disso. Elas nos trataram como se fôssemos garotos cabulando aula, e como se entendessem nossos motivos para a cábula.

E fomos levados de volta, não sob o efeito de anestésicos dessa vez, mas deslizando em veículos elétricos bem parecidos com os nossos para conseguirmos reconhecer; cada um de nós em um diferente com uma dama corpulenta de cada lado e três na frente.

Elas foram muito amigáveis e conversaram conosco o máximo que nossas limitadas capacidades linguísticas permitiam. Apesar de Terry estar profundamente envergonhado e, a princípio, todos nós temermos um tratamento severo, eu logo comecei a sentir uma confiança agradável e a aproveitar a viagem.

Lá estavam minhas cinco companheiras familiares, bastante corteses e sem revelar nenhum ressentimento além de um triunfo mediano, como se tivessem ganhado um jogo simples, e até isso elas suprimiam com educação.

Ademais, era uma boa oportunidade para ver o país e, quanto mais eu via, mais gostava. Andávamos rápido demais para uma observação minuciosa, mas eu apreciava as estradas perfeitas, tão limpas quanto um chão varrido, a sombra das infinitas fileiras de árvores, os canteiros de flores que se estendiam debaixo delas e o rico e confortável país que se abria adiante, cheio de charmes variados.

Passamos por vários vilarejos e cidades, e logo percebi que aquela beleza semelhante a um parque que vimos na primeira cidade não era exceção. Aquele panorama que fizemos com o avião em alta velocidade tinha sido atraente, mas carecia de detalhes, e não percebemos muita coisa naquele primeiro dia de brigas e captura. Mas agora nos deslocávamos num ritmo agradável de uns cinquenta quilômetros por hora e cobríamos uma boa área.

Paramos para almoçar em uma cidade relativamente grande e, ao passar lentamente pelas ruas, vimos a população mais de perto. Em todos os lugares elas saíam para nos ver, mas ali estava mais cheio e, quando entramos para comer em um grande jardim com pequenas mesas sombreadas entre árvores e flores, sentimos vários olhares em nossa direção. E em todos os lugares, áreas abertas, vilarejos ou cidades, apenas mulheres. Mulheres velhas e jovens e, em sua grande maioria, que não pareciam nem velhas nem jovens, apenas mulheres. Vimos meninas mais novas, igualmente robustas, e crianças também, estas quase sempre em grupos isolados e menos em evidência. De relance, observamos várias vezes meninas e bebês em locais semelhantes a escolas ou parquinhos e, até onde conseguimos distinguir, não havia meninos. Nós três olhávamos com atenção. Todas nos observavam com educação, gentileza e ávido interesse. Nenhuma delas foi impertinente. Agora que conseguíamos entender um pouco das conversas, tudo o que diziam parecia bastante agradável.

Pois bem, antes do anoitecer já estávamos sãos e salvos de volta em nosso quarto grande. Os danos que cometemos haviam sido ignorados, as camas estavam tão macias e confortáveis quanto antes, os lençóis e as toalhas foram repostos. A única coisa que aquelas mulheres fizeram foi iluminar os jardins à noite e colocar uma vigia a mais. Mas elas nos chamaram para dar explicações no dia seguinte. Nossas três tutoras, que não participaram da expedição de recaptura, estiveram ocupadas se preparando para nos receber e nos dar uma explicação.

Elas sabiam que voltaríamos para a nossa máquina, pois não havia outro jeito de descer; pelo menos não com vida. Assim, nossa aeronave não as preocupava. A única coisa que fizeram foi avisar as cidadãs para ficarem de olho na nossa movimentação ao longo de toda a borda da floresta entre aqueles dois pontos. Parece que, durante várias noites, fomos avistados por moças solícitas sentadas confortavelmente em grandes árvores às margens do rio ou entre as rochas.

Terry parecia imensamente desgostoso, mas eu achei bastante engraçado. Arriscamos nossa vida nos escondendo e rondando como foras da lei, vivendo de castanhas e frutas, com frio e molhados à noite, com calor e secos de dia, e durante todo aquele período as estimadas mulheres estavam só esperando que aparecêssemos.

Então elas começaram a explicar, escolhendo com cuidado as palavras que conseguíamos compreender. Parecia que éramos considerados convidados do país e estávamos sob uma espécie de custódia pública. Nossa primeira aparição, um pouco violenta, fez com que fosse necessário nos salvaguardar por um tempo, mas, assim que aprendêssemos a língua (e concordássemos em não fazer mal a ninguém), elas nos mostrariam todo o país.

Jeff estava ansioso para reconquistá-las. É claro que ele não dedurou Terry, mas deixou claro que estava envergonhado e que agora entraria na linha. Quanto ao idioma, todos retomamos os estudos com energia redobrada. Elas nos trouxeram ainda mais livros, e comecei a estudá-los com avidez.

– É uma literatura bem simplória – irrompeu Terry um dia, quando estávamos na privacidade do nosso quarto. – É claro que devemos começar com histórias de criança, mas eu queria algo mais interessante.

– Não dá para esperar um romance tocante ou uma aventura selvagem sem homens, não é? – perguntei. Nada irritava mais Terry do que nos ver admitindo que não havia homens por ali, mas não tinha sinal deles nos livros nem nas imagens que elas nos davam.

– Ah, cale a boca! – urrou ele. – Que bobagem idiota você está falando? Perguntarei para elas imediatamente. Já sabemos o bastante agora.

Na realidade, estávamos nos esforçando ao máximo para dominar o idioma e conseguíamos ler com fluência e discutir a leitura com considerável facilidade.

Naquela tarde, estávamos todos sentados juntos no terraço, nós três e as tutoras reunidos à mesa, sem guardas por perto. Pouco antes, elas nos informaram que, se concordássemos em não usar a violência, elas parariam de nos vigiar constantemente, e consentimos com prazer.

Portanto, estávamos sentados ali, tranquilos, todos com roupas parecidas, nossos cabelos agora já estavam tão longos quanto os delas, só nossas barbas nos distinguiam. Não queríamos aquelas barbas, mas, até o momento, não tínhamos conseguido convencê-las a nos fornecer instrumentos cortantes.

– Senhoras – começou Terry debaixo daquele céu límpido –, não existem homens neste país?

– Homens? – questionou Somel. – Como vocês?

A Terra Delas

– Sim, homens. – Terry apontou para a própria barba e empertigou os ombros largos. – Machos, homens de verdade.

– Não – respondeu ela calmamente. – Não existem homens neste país. Não tem nenhum homem entre nós há dois mil anos.

O olhar dela era sincero e verdadeiro, e ela não proferiu essa afirmação surpreendente como se fosse surpreendente, apenas a disse como um simples fato.

– Mas as pessoas... as crianças... – retrucou ele, sem acreditar em uma só palavra, mas sem querer dizer isso.

– Ó, sim – sorriu ela. – Não me surpreende a sua confusão. Nós somos mães, todas nós, mas não há pais por aqui. Esperávamos que vocês fossem perguntar isso há muito tempo. Por que não o fizeram? – Seu olhar era franco e gentil como sempre, o tom era simples.

Terry explicou que achávamos que não conseguiríamos usar o idioma (e eu senti que ele se atrapalhou um pouco), mas Jeff foi mais sincero.

– Vocês nos perdoariam se admitíssemos que achamos difícil acreditar nisso? – disse ele. – Não existe essa possibilidade no resto do mundo.

– Não tem formas de vida nas quais isso é possível? – questionou Zava.

– Qual sim! Algumas formas inferiores, é claro.

– Quão inferiores? Ou melhor, quão superiores?

– Bem, tem algumas formas elevadas de insetos nas quais isso ocorre. Chamamos de partenogênese, que significa o nascimento de uma virgem.

Ela não conseguiu acompanhar.

– Sabemos o que é nascimento, é claro. Mas o que é virgem?

Terry ficou desconfortável, mas Jeff respondeu à questão com calma:

– Entre os animais que acasalam, o termo virgem se aplica às fêmeas que não copularam – respondeu ele.

– Ah, entendi. E ele se aplica aos machos também? Ou há um termo diferente para eles?

Ele falou disso por cima com certa rapidez, dizendo que o mesmo termo se aplicaria, mas que raramente era usado.

– Não é usado? – indagou ela. – Mas um não consegue copular sem o outro, não é? Então os dois são virgens antes de acasalar. E, diga-me, vocês têm alguma forma de vida em que haja nascimento apenas pelo pai?

– Não conheço nenhuma – foi a resposta dele.

Eu perguntei com seriedade:

– Vocês estão nos pedindo para acreditar que só existem mulheres aqui há dois mil anos, e que só nascem meninas?

– Exatamente – assentiu Somel, acenando com firmeza. – É claro que sabemos que não é assim entre outros animais, que há tanto pais quanto mães, e percebemos que vocês são pais, oriundos de um povo que tem os dois tipos. Estávamos esperando que vocês conseguissem conversar conosco livremente, sabe, para nos ensinar sobre o seu país e o resto do mundo. Vocês conhecem tanta coisa, e nós só conhecemos nosso próprio país.

Ao longo dos nossos estudos preliminares, sofremos um pouco para contar a elas sobre o grande mundo lá fora, fazer rascunhos, traçar mapas, fizemos até um globo terrestre em uma fruta esférica para mostrar o tamanho e a relação dos países e falar sobre a quantidade de pessoas em cada um. Tudo foi feito de forma bem precária e deficiente, mas elas até que entenderam.

Creio não ter conseguido passar muito bem a impressão desejada sobre essas mulheres. Elas estavam longe de ser ignorantes, eram profundamente sábias, e percebíamos isso cada dia mais. Seu raciocínio lógico era excelente, sabiam usar o cérebro com clareza, mas desconheciam muita coisa.

A Terra Delas

Elas tinham o temperamento mais plácido já visto, a maior paciência e boa índole, uma das coisas mais impressionantes sobre todas elas era a ausência de irritabilidade. Até o momento, tínhamos somente aquele grupo para estudar, mas, depois, descobrimos ser uma característica comum.

Aos poucos começamos a sentir que estávamos em mãos amigas muito competentes, mas ainda não conseguíamos formar uma opinião sobre o nível geral daquelas mulheres.

– Queremos que nos ensinem tudo o que puderem – continuou Somel, as mãos firmes e delineadas entrelaçadas sobre a mesa à sua frente, os olhos claros encontrando os nossos com franqueza. – E queremos ensinar a vocês aquilo que temos de novo e que pode ser útil. Vocês devem imaginar que consideramos uma situação maravilhosa ter homens entre nós após dois mil anos. E queremos saber tudo sobre as suas mulheres.

Terry ficou instantaneamente satisfeito com o que ela disse sobre a nossa importância. Percebi que aquilo agradou a ele pelo jeito que levantou a cabeça. Mas quando ela falou sobre as nossas mulheres... Senti uma sensação estranha e um pouco indescritível, diferente de qualquer sentimento que já tive quando "mulheres" eram mencionadas.

– Vocês nos contarão como isso aconteceu? – prosseguiu Jeff. – Você disse "há dois mil anos". Vocês tinham homens aqui antes disso?

– Tínhamos – respondeu Zava.

Todas ficaram em silêncio por um tempo.

– Vocês poderão ler nossa história completa. Não fiquem assustados, foi escrita com clareza e concisão. Demoramos bastante tempo para aprender a escrever histórias. Ó, eu adoraria ler a de vocês!

Ela se virou com os olhos ávidos e brilhantes, olhando para cada um de nós.

– Seria maravilhoso, não seria? Comparar as histórias de dois mil anos, conhecer as diferenças entre nós, que somos apenas mães, e vocês, que são mães e pais. É lógico que nossos pássaros nos mostram que o pai é quase tão útil quanto a mãe. Mas, entre os insetos, vemos que a importância deles é menor, às vezes quase irrelevante. Não é assim com vocês também?

– Ó, sim, com pássaros e insetos – falou Terry. – Mas não entre os animais. Vocês não têm NENHUM animal?

– Temos gatas – respondeu ela. – O pai não é muito útil.

– Vocês não têm gado, ovelhas, cavalos? – Puxei alguns esboços grosseiros desses animais e mostrei a ela.

– Muito tempo atrás, tínhamos estas – informou Somel, desenhando com alguns traços rápidos e certeiros uma espécie de ovelha ou lhama. – E estas... cachorras, de dois ou três tipos. E aquela coisa – disse apontando para meu cavalo absurdo, mas reconhecível.

– O que aconteceu com eles? – Jeff quis saber.

– Não as quisemos mais. Elas ocupam muito espaço. Precisamos de toda a terra para alimentar nossa gente. Nosso país é bem pequeno, sabe.

– Como vocês fazem sem leite? – indagou Terry, incrédulo.

– LEITE? Temos leite em abundância. O nosso.

– Mas... mas... quero dizer, para cozinhar... Para desenvolver as pessoas – Terry se atrapalhou, enquanto elas pareciam surpresas e um pouco incomodadas.

Jeff foi ajudá-lo.

– Criamos o gado pelo leite e pela carne – explicou ele. – O leite de vaca é um dos principais itens da dieta. Há uma enorme indústria do leite para coletá-lo e distribuí-lo.

Elas ainda pareciam confusas. Apontei para meu esboço de uma vaca.

– O fazendeiro ordenha a vaca – falei, e desenhei um balde de leite, o banco e, com mímicas, mostrei o homem ordenhando. – Depois, o leite é levado para a cidade e distribuído por leiteiros. Todo mundo recebe uma garrafa de leite na porta pela manhã.

– E a vaca não tem filhotes? – perguntou Somel, séria.
– Ó, tem, é claro. O bezerro.
– E tem leite para o bezerro e para vocês?

Demorou um tempo para explicar àquelas três mulheres de frontes adoráveis o processo que separa a vaca do seu bezerro e o bezerro da sua comida de verdade, e a conversa nos levou a falar sobre o mercado da carne. Elas ouviram tudo, parecendo bastante pálidas e, em seguida, pediram para se retirar.

Uma história única

Não adianta tentar encher este relato de aventuras. Se as pessoas que o lerem não se interessarem por essas mulheres incríveis e sua história, não se interessarão por nada.

Quanto a nós, três moços em um país repleto de mulheres, o que podíamos fazer? Nós fugimos, como já descrevi, e fomos trazidos de volta pacificamente sem ter sequer o prazer de bater em alguém, como Terry reclamou.

Não havia aventuras, porque não havia contra o que lutar. Não existiam animais selvagens no país, só pouquíssimos domesticados. Posso fazer uma pausa para descrever o animal de estimação mais comum do país: gatos, é claro. Mas que gatos!

O que você acha que essas Senhoras Burbanks[2] fizeram com seus gatos? Por uma seleção e exclusão cuidadosa de longo prazo, desenvolveram uma raça de gatos que não mia! É isso mesmo. O máximo que esses pobres selvagens mudos fazem é emitir uma espécie de guincho

---

[2] Referência ao horticultor norte-americano Luther Burbank (1849-1926), que desenvolveu muitas variedades de plantas, vegetais e frutas. (N.T.)

quando sentem fome ou querem que se abra a porta e, é claro, ronronam e fazem todo tipo de ruídos maternos para seus filhotes.

Além disso, os gatos não matavam mais passarinhos. Foram criados rigorosamente para destruir ratos, toupeiras e todos esses seres nocivos ao suprimento de alimentos, mas os pássaros eram numerosos e estavam seguros.

Quando falávamos disso, Terry perguntou se elas usavam penas nos chapéus, e elas ficaram encantadas com a ideia. Ele fez alguns desenhos dos chapéus usados por nossas mulheres, com plumas e penas que fazem cócegas e se projetam ao longe, e ficaram bastante interessadas, como acontecia com tudo que se relacionava às nossas mulheres.

Elas, por sua vez, disseram que só usavam chapéus para protegê-las do sol quando trabalham ao ar livre; eram grandes chapéus leves de palha, como os usados na China e no Japão. Quando está frio, vestem bonés ou capuzes.

– Mas vocês não acham que as penas cairiam bem para fins decorativos? – insistiu Terry, fazendo um belo desenho de uma dama usando um chapéu cheio de plumas.

Elas não concordaram, apenas perguntaram se os homens usavam chapéus do mesmo tipo. Apressamo-nos em informar que não, e desenhamos nossos tipos de chapéu.

– E nenhum homem usa penas no chapéu?

– Só os indígenas – explicou Jeff. – Selvagens, sabe. E desenhou um cocar para mostrar a elas.

– E os soldados – acrescentei, desenhando um chapéu militar com plumas.

Elas nunca expressavam horror ou desaprovação, nem muita surpresa, somente um agudo interesse. E como faziam anotações! Milhares delas!

Mas voltando aos gatinhos. Ficamos bastante impressionados com aquele feito na criação e, quando elas nos questionaram (eu garanto que éramos requisitados a dar várias informações), contamos o que tinha sido feito com os cachorros, os cavalos e o gado, mas que esforços semelhantes não tinham sido aplicados aos gatos, exceto para fins de exibição.

Eu gostaria de conseguir demonstrar a forma gentil, tranquila, constante e ingênua com a qual nos questionavam. Não era só curiosidade, elas não estavam mais curiosas sobre nós do que nós sobre elas. Mas estavam determinadas a entender nosso tipo de civilização, e seu interrogatório seguia uma linha que aos poucos nos circundava e envolvia até que nos víamos admitindo coisas que não queríamos.

– Todas essas raças de cães que vocês têm são úteis? – perguntaram elas.

– Ó, úteis! Qual! Os cães de caça, de guarda e pastores são úteis... Os cães de trenó também, é claro! E os que caçam ratos, imagino, mas não mantemos os cachorros por sua UTILIDADE. Dizemos que o cão é "o melhor amigo do homem", nós os amamos.

Isso elas conseguiram entender.

– Nós amamos nossas gatas desse jeito. Elas certamente são nossas amigas e ajudantes. Vocês viram como são inteligentes e afetuosas.

Era verdade. Eu nunca tinha visto gatos assim, exceto em algumas raras ocasiões. Bichos grandes, bonitos e sedosos, dóceis com todo mundo e bastante fiéis e afeiçoados a suas donas especiais.

– Vocês devem sofrer bastante ao afogar os filhotes – sugerimos.

Mas elas responderam:

– Ó, não! Nós cuidamos delas como vocês cuidam do seu valioso gado, sabe. Os pais são poucos em comparação às mães, temos só alguns muito bons em cada cidade. Eles vivem bastante felizes em jardins cercados e nas casas das suas amigas. E só temos uma temporada de acasalamento por ano.

– Aí é dureza, hein? – sugeriu Terry.

– Ó, não! Claro que não! Desenvolvemos o tipo de gata que queremos ao longo de vários séculos, sabe. Elas são saudáveis, felizes e amigáveis como vocês podem perceber. Como vocês fazem com suas cachorras? Vocês as mantêm em pares ou separam os pais, ou o quê?

Então explicamos que... Bem, que não era exatamente uma questão de pais. Que ninguém queria uma... uma cachorra mãe. Que, bem, que praticamente todos os nossos cachorros eram machos... Que permitíamos que apenas uma porcentagem muito pequena de fêmeas sobrevivesse.

Então Zava, observando Terry com seu sorriso amável e sério, o repetiu:

– Aí é dureza, hein? Eles gostam disso, de viver sem companheiras? Seus cães também são todos saudáveis e de boa índole como nossas gatas?

Jeff riu, lançando um olhar malicioso a Terry. Na verdade, começávamos a considerar Jeff uma espécie de traidor. Ele frequentemente mudava de lado e ficava a favor delas, e seu conhecimento médico também lhe dava algum ponto de vista diferente.

– Sinto ter que admitir que nossos cães são os animais mais doentes, ao lado dos homens – revelou ele. – Quanto ao temperamento, sempre há alguns cachorros que mordem as pessoas, sobretudo as crianças.

Isso foi por pura malícia. É preciso entender que as crianças eram A RAZÃO DE SER neste país. Todas as nossas interlocutoras se endireitaram juntas. Continuaram gentis e comedidas, mas havia um toque de profundo espanto em suas vozes.

– Nós concluímos então que vocês mantêm um animal (um macho que não acasala) que morde crianças? Podem nos dizer quantos deles vocês têm, mais ou menos?

– Milhares em uma cidade grande – respondeu Jeff. – E quase toda família tem um no campo.

Terry interveio:

– Não pensem que todos os cães são perigosos. Menos de um a cada cem morde qualquer pessoa. Qual é! Eles são os melhores amigos das crianças... É quase impossível que um menino não tenha um cachorro para brincar!

– E as meninas? – perguntou Somel.

– Ó, as meninas... Elas gostam deles também – disse ele, mas sua voz fraquejou um pouco. Mais tarde, descobrimos que elas sempre percebiam essas coisinhas.

Aos poucos, elas nos espremeram tanto e concluíram que o melhor amigo do homem, na cidade, era um prisioneiro levado para fazer seu parco exercício em uma coleira, que estava sujeito não apenas a várias doenças, mas também àquele horror chamado raiva, e, em muitos casos, para a segurança dos cidadãos, precisavam usar focinheiras. E Jeff ainda relatou, com malícia e descrições vívidas, sobre casos que conhecia ou que tinha lido a respeito de lesões e mortes provocadas por cachorros raivosos.

Elas não nos criticaram nem se comoveram. Aquelas mulheres eram calmas como juízas. Mas faziam anotações, e Moadine as leu para nós.

– Por favor, me digam se anotei as informações corretamente – pediu. – No seu país... Em outros países também?

– Sim – admitimos. – Na maioria dos países civilizados.

– Na maioria dos países civilizados, mantém-se uma raça de animal que não é mais útil...

– Eles são uma proteção – insistiu Terry. – Latem se assaltantes tentarem entrar.

Então fizeram anotações sobre "assaltantes" e continuaram:

– ... por causa do amor que as pessoas sentem por tal animal.

Zava interrompeu:

– Quem ama tanto esse animal: os homens ou as mulheres?

– Ambos! – insistiu Terry.

– Igualmente? – indagou ela.

E Jeff respondeu:

– Deixa de bobagem, Terry. Você sabe que, em geral, os homens gostam mais dos cachorros do que as mulheres.

– Porque as pessoas os amam tanto... principalmente os homens. Esse animal é mantido isolado ou acorrentado.

– Por quê? – perguntou Somel de repente. – Nós isolamos nossos pais gatos porque não queremos muita paternidade, mas eles não ficam acorrentados... Há bastante espaço para correrem.

– Um cão valioso poderia ser roubado se ficasse solto – falei. – Colocamos coleiras com o nome do dono, caso se percam. Além disso, eles brigam. Um cão valioso poderia facilmente ser morto por outro maior.

– Certo – disse ela. – Eles brigam quando se encontram... Isso é comum?

Admitimos que sim.

– São mantidos isolados ou acorrentados. – Ela parou de novo para indagar: – Cachorros não gostam de correr? Não são animais velozes?

Admitimos isso também, e Jeff, ainda com malícia, continuou a dizer:

– Sempre achei patético ver um homem ou uma mulher levando um cachorro para passear na ponta de uma guia.

– Vocês os criaram para ser tão higiênicos quanto os gatos? – foi a pergunta seguinte.

E, então, Jeff contou sobre os efeitos dos cachorros nas calçadas dos mercados e nas ruas em geral, e elas tiveram dificuldade em acreditar naquilo.

O país delas era tão organizado e limpo quanto uma cozinha holandesa, sabe. Quanto ao saneamento... Mas é melhor eu começar a contar o máximo que conseguir lembrar sobre a história daquele país incrível antes de continuar qualquer descrição.

Resumirei aqui um pouco do que tive a oportunidade de conhecer. Não tentarei repetir o relato cuidadoso e detalhado que perdi, apenas direi que fomos mantidos naquele forte por uns bons seis meses e, depois disso, mais três em uma cidade bastante agradável na qual, para enorme desprazer de Terry, havia apenas "coronéis" e crianças pequenas, nada de mulheres jovens. Então, ficamos sendo observados por mais três meses, sempre com uma tutora ou uma guarda, ou ambas. Mas foi um período agradável, porque realmente passamos a conhecer as garotas. Mas isso foi um capítulo à parte! Ou será... Tentarei fazer jus à ocasião.

Aprendemos muito bem o idioma delas (foi necessário), e elas aprenderam o nosso muito mais rápido e o usaram para acelerar nossos próprios estudos.

Jeff, que sempre trazia consigo algum tipo de leitura, chegou lá com dois pequenos livros, um romance e uma breve antologia poética, e eu estava com uma daquelas enciclopédias de bolso, um volume gorducho repleto de informações. Esses livros foram usados na nossa educação e na delas. Então, quando finalmente nos sentimos preparados, elas nos forneceram vários dos seus próprios livros, e devorei a parte de história, pois queria entender a gênese daquele seu milagre.

E segue o que aconteceu, de acordo com seus registros.

Quanto à geografia:

No período da Era Cristã, o país tinha uma passagem livre para o mar. Por bons motivos, não direi onde. Mas havia uma trilha bastante acessível por aquela cordilheira atrás de nós, e eu não tenho dúvida de que essas pessoas eram arianas e tiveram contato com as melhores civilizações do Velho Mundo. Elas eram brancas, embora um pouco mais escuras que nossas raças nórdicas por causa da constante exposição ao sol e por estarem sempre ao ar livre.

O país era muito maior naquela época, incluindo grandes terras além do estreito e uma faixa costeira. Tinham navios, comércio, um exército e um rei. Naquele tempo, as pessoas eram a mesma coisa que nos chamam hoje com tanta tranquilidade: uma raça com dois sexos.

O que aconteceu, a princípio, foi apenas uma sucessão de desfortúnios históricos, algo que outras nações enfrentaram com frequência. Seu povo fora dizimado pela guerra, o que fez com que se afastassem da costa até que a reduzida população, com vários dos homens mortos em batalha, enfim ocupasse seu interior e o defendesse por anos nas montanhas. Fortaleceram as barreiras naturais nos locais abertos suscetíveis a possíveis ataques vindos de baixo, de forma a torná-los impossíveis de se escalar, como já sabíamos.

Era um povo poligâmico e escravocrata como todos daquela época e, durante uma ou duas gerações, eles foram forçados a defender seu lar nas montanhas, o que levou à construção de fortes, como aquele no qual fomos mantidos, e outras de suas construções mais antigas, algumas ainda em uso. Nada, exceto terremotos, era capaz de destruir aquela arquitetura: grandes blocos sólidos sustentados pelo próprio peso. Elas devem ter tido grandes quantidades de trabalhadores eficientes naquele período.

Lutaram bravamente pela própria existência, mas nenhuma nação é capaz de confrontar o que as companhias de navegação chamam de "um ato de Deus". Enquanto toda a sua força combativa fazia o melhor que podia para defender sua trilha montanhosa, houve uma erupção vulcânica com alguns tremores locais, e o resultado foi o preenchimento total do caminho, sua única saída. Em vez de despontar uma nova passagem, o que apareceu entre elas e o mar foi um novo pico acentuado e alto; elas estavam isoladas lá dentro, e todo o seu pequeno exército ficou na parte de baixo daquela falésia. Pouquíssimos homens estavam vivos, tirando os escravos, que aproveitaram a oportunidade para se rebelar, matando os últimos mestres que sobraram, até o menino mais jovem, e as mulheres mais velhas e as mães também, com o intuito de dominar o país com as moças e as meninas que restavam.

Mas essa sucessão de infortúnios foi demais para aquelas virgens enfurecidas. Elas eram numerosas, e os possíveis futuros mestres não eram muitos, então as jovens mulheres, em vez de se submeter, ergueram-se em agudo desespero e assassinaram seus brutais conquistadores.

Parece Tito Andrônico, eu sei, mas é o relato delas próprias. Imagino que estivessem à beira da loucura. Dá para culpá-las?

Não tinha sobrado quase ninguém naquelas belas terras arborizadas, literalmente, exceto um punhado de garotas histéricas e algumas escravas mais velhas.

Isso foi há cerca de dois mil anos.

A princípio, houve um período de desespero intenso. As montanhas se ergueram entre elas e os velhos inimigos, mas também entre elas e a rota de fuga. Não havia como subir, nem descer, nem sair: estavam fadadas a ficar ali. Algumas se suicidaram, mas não a maioria. Devia ser um grupo corajoso em geral, e elas decidiram viver pelo tempo que ainda restava. É claro que tinham esperanças, como as jovens têm, de que alguma coisa pudesse acontecer para mudar seu destino.

Então se puseram a trabalhar, enterrar os mortos, arar, plantar e cuidar umas das outras.

Falando em enterrar os mortos, quando penso sobre isso, acredito que elas tenham adotado a cremação perto do século XIII, pelo mesmo motivo que deixaram de criar gado: precisavam economizar espaço. Elas ficaram muito surpresas ao descobrir que ainda enterrávamos os nossos e perguntaram quais eram os motivos para isso, ficando bastante insatisfeitas com o que dissemos. Contamos sobre a crença da ressurreição do corpo, e elas perguntaram se nosso Deus não era capaz de ressuscitar tanto das cinzas quanto da longa corrupção. Dissemos que as pessoas achavam repugnante queimar seus entes queridos, e elas indagaram se era menos repugnante vê-los se degradar. Elas eram inconvenientemente racionais, aquelas mulheres.

Voltando... Aquele grupo inicial de garotas começou a trabalhar para limpar o lugar e ter a melhor vida possível. Algumas das escravas que haviam resistido prestaram um serviço inestimável ensinando as atividades que sabiam. Elas tinham aqueles registros, todas as ferramentas e os instrumentos, e uma terra fértil na qual trabalhar.

Várias das matronas mais jovens tinham escapado daquela chacina e alguns poucos bebês nasceram depois do cataclismo, mas só dois meninos, e ambos morreram.

Elas trabalharam juntas por cinco ou dez anos, ficando cada vez mais fortes, mais sábias e mais próximas entre si. Então o milagre aconteceu: uma dessas jovens mulheres pariu uma criança. É claro que todas pensaram que deveria ter um homem em algum lugar, mas não encontraram nenhum. Então decidiram que aquilo só podia ser um presente direto dos deuses, e colocaram a orgulhosa mãe no Templo de Maaia (sua Deusa da Maternagem) sob estrita vigilância. E, conforme os anos se passaram, aquela mulher-maravilha deu à luz uma criança após outra, cinco delas, todas meninas.

Como sempre me interessei por sociologia e psicologia social, fiz o que pude para reconstruir mentalmente a verdadeira situação daquelas antepassadas. Eram cerca de quinhentas ou seiscentas mulheres nascidas em haréns. As poucas gerações precedentes, porém, tinham crescido em um ambiente de tanta luta heroica que aquilo deve tê-las fortalecido de alguma forma. Deixadas sozinhas naquela orfandade terrível, elas se uniram, apoiando umas às outras e às suas irmãs menores, e desenvolvendo capacidades desconhecidas em meio ao estresse das novas necessidades. Uma nova esperança surgira para aquele grupo maturado pela dor e fortalecido pelo trabalho, que tinha perdido não apenas o amor e o cuidado dos pais, mas também a esperança de gerar filhos.

Surgiu a Maternagem e, embora aquilo não ocorrera pessoalmente para todas elas, era possível que surgisse uma nova raça (se tal capacidade fosse herdada).

Podemos imaginar como foram criadas aquelas cinco Filhas de Maaia, Crianças do Templo, Mães do Futuro (elas tinham todos os títulos que o amor, a esperança e a reverência podiam dar). Toda a pequena nação de mulheres as cercava prestando serviços amáveis e esperava, com esperança infinita e desespero igualmente grande, para ver se elas também seriam mães.

E foram! Quando atingiram os 25 anos, começaram a parir. Como a mãe, cada uma delas teve cinco filhas. Agora havia vinte e cinco Novas Mulheres, Mães por direito próprio, e toda a atmosfera do país passou do luto e da mera resignação corajosa para uma orgulhosa alegria. As mulheres mais velhas, que ainda se lembravam dos homens, faleceram; as mais jovens daquele primeiro grupo morreram também depois de um tempo, é claro, e restaram cento e cinquenta e cinco mulheres partenogênicas, fundando uma nova raça.

Herdaram o máximo de cuidado devoto que aquela comunidade decadente das originais conseguiu deixar. Seu pequeno país estava seguro. As fazendas e os jardins estavam em sua produção máxima. Os negócios que tinham estavam em cuidadosa ordem. Preservaram muito bem os registros do seu passado, e por anos as mulheres mais velhas fizeram o que puderam para ensinar tudo que conseguiam, deixando para o pequeno grupo de irmãs e mães todas as habilidades e o conhecimento que possuíam.

Eis o início da Terra Delas! Uma família, todas descendentes de uma única mãe! Ela viveu até os cem anos, viveu para ver suas cento e vinte e cinco bisnetas nascerem, viveu como Rainha-Sacerdotisa-Mãe de todas elas, e morreu com um orgulho nobre e uma alegria provavelmente maior do que qualquer outra alma humana já experimentou: ela, sozinha, tinha gerado uma nova raça!

As primeiras cinco filhas cresceram em um ambiente de calma sagrada, espera vigilante e reverenciada, rezas arquejantes. Para elas, a esperada maternidade não era apenas uma alegria pessoal, mas também a esperança de uma nação. Suas vinte e cinco filhas, por sua vez, com a esperança fortalecida, uma perspectiva mais rica e ampla, e com o amor e o cuidado devotos de toda a população sobrevivente, cresceram como uma irmandade sagrada, aguardando por seu grande ofício durante toda a sua ardente juventude. E, enfim, elas estavam sozinhas, a Primeira Mãe de cabelos brancos se fora e essa família única, cinco irmãs, vinte e cinco primas, cento e vinte e cinco primas de segundo grau, começou uma nova raça.

Elas são seres humanos, inquestionavelmente, mas o que demoramos para entender foi como essas supermulheres, descendentes somente de outras mulheres, tinham eliminado não apenas determinadas características masculinas, pelas quais não esperávamos, é óbvio, mas muitas das que pensávamos ser essencialmente femininas.

Acabou a tradição dos homens como guardiães e protetores. Aquelas virgens esguias não tinham homens aos quais temer e, portanto, não precisavam de proteção. Quanto a feras selvagens: não havia nenhuma em seu país abrigado.

Elas decerto sentiam a força do amor de mãe, aquele instinto materno que tanto enaltecíamos, e o elevaram à sua potência máxima; um amor de irmãs no qual achávamos difícil de acreditar, mesmo considerando suas relações atuais.

Quando estávamos sozinhos, Terry, incrédulo, até desdenhoso, se recusava a acreditar na história:

– Um monte de tradições tão velhas quanto Heródoto! E igualmente confiáveis! – declarou. – Até parece que as mulheres, um monte de mulheres, teriam se unido desse jeito! Todos sabemos que elas não sabem se organizar, que brigam por qualquer coisa, que são terrivelmente ciumentas.

– Mas essas Novas Mulheres não tinham de quem ter ciúme, lembra? – observou Jeff de forma arrastada.

– É uma história improvável – esnobou Terry.

– Então por que você não inventa uma mais provável? – perguntei.

– As mulheres estão aqui, nada além de mulheres, e você mesmo já admitiu que não há nem sinal de homens neste país. Já estamos atrás deles há um bom tempo.

– Admito mesmo – rosnou ele. – E é um belo de um fracasso. Simplesmente não dá para se divertir sem os homens, elas não têm nenhum esporte de verdade, nenhuma competição... Mas essas mulheres não são MULHERIS. Vocês sabem que não.

Aquele tipo de conversa sempre incomodava Jeff e, aos poucos, comecei a ficar a favor dele.

– Então você não acha que uma raça de mulheres cuja única preocupação é a maternagem seja mulheril? – indagou ele.

– Não acho mesmo – disparou Terry. – De que vale toda essa maternidade para o homem, se ele não tem a menor chance de paternidade? E, além do mais, para que falar de sentimentos quando somos apenas um monte de homens juntos? O que os homens querem das mulheres é muito mais do que essa maternagem toda!

Tínhamos a maior paciência que conseguíamos com Terry. Estávamos vivendo com as "coronéis" havia cerca de nove meses quando ele teve essa crise, e não tínhamos oportunidade de participar de agitações extenuantes além da nossa ginástica, tirando aquela fuga que foi um fiasco. Acho que Terry jamais tinha vivido tanto tempo sem empregar sua abundante energia em amor, combate ou perigo, e ele estava irritadiço. Nem Jeff nem eu estávamos tão chateados. Eu estava tão interessado intelectualmente que nosso confinamento não me cansava; quanto a Jeff, que coração abençoado! Ele gostava tanto da companhia da sua tutora que era quase como se ela fosse uma garota. Sei de pouco mais que isso.

Quanto à crítica de Terry, era verdade. Aquelas mulheres, cuja distinção essencial da maternagem era a característica dominante de toda a sua cultura, eram notoriamente deficientes naquilo que chamamos de "feminilidade". Isso fez com que eu rapidamente concluísse que aqueles "charmes femininos" dos quais tanto gostávamos não eram nada femininos, porém, somente desenvolvidos como um reflexo da masculinidade para nos agradar, porque elas precisam nos agradar, e de forma alguma se faziam essenciais ao cumprimento real do seu propósito. Mas Terry não chegou à mesma conclusão.

– Esperem só quando eu sair daqui! – murmurou.

Nós dois o alertamos.

– Veja bem, Terry, meu rapaz! Tenha cuidado! Elas têm sido extremamente boas conosco, mas você já se esqueceu da anestesia? Se fizer alguma maldade neste país virginal, tome cuidado com a vingança das Tias Malucas! Vamos, seja homem! Não vai durar para sempre.

Voltando à história:

Elas começaram a planejar e construir para suas filhas, toda a sua força e inteligência voltadas a este único fim. É claro que cada menina era educada sabendo do seu Ofício Coroado, e já naquela época elas tinham noções bastante elevadas sobre a força estruturante da mãe, além da educação.

Seus ideais eram tão elevados! Beleza, Saúde, Força, Intelecto, Bondade: rezavam e trabalhavam por isso.

Elas não tinham inimigos, eram todas irmãs e amigas. Sua terra era boa e um belo futuro começava a se desenhar em suas mentes.

A princípio, a religião delas era bastante parecida com a da Grécia Antiga, contando com vários deuses e deusas. Mas elas logo perderam o interesse em divindades da guerra e do lucro, e aos poucos se concentraram em sua Deusa Mãe. Então, conforme sua inteligência evoluía, se tornaram uma espécie de Panteísmo Maternal.

Lá estava a Mãe Terra gerando frutos. Tudo que comiam era fruto da maternagem, fossem sementes, brotos ou seus próprios produtos. Nasceram pela maternagem e viviam pela maternagem. Para elas, a vida não passava do amplo ciclo da maternagem.

Contudo, perceberam bem cedo a necessidade de melhoria para além da mera repetição e matutaram juntas para resolver um problema: como fazer o melhor tipo de gente. Primeiro houve apenas a esperança de gerar pessoas melhores, mas depois notaram que, apesar de as crianças nascerem diferentes, seu verdadeiro crescimento se dava através da educação recebida.

Foi então que as coisas começaram a fervilhar.

À medida que eu aprendia a apreciar cada vez mais o que aquelas mulheres conquistaram, menos eu me orgulhava do que nós, com toda a nossa masculinidade, fizemos.

Elas não tiveram guerras, sabe. Não tiveram reis, nem pastores, nem aristocratas. Elas eram irmãs e evoluíram crescendo juntas, não pela competição, mas por uma ação conjunta.

Tentamos falar bem da competição, e elas ficaram profundamente interessadas. Na realidade, suas perguntas sérias logo nos fizeram perceber que estavam propensas a acreditar que nosso mundo era melhor do que o seu. Elas não tinham certeza disso e ansiavam por descobrir, mas não havia nelas a arrogância que se poderia esperar.

Foi então que nos gabamos, falando das vantagens da competição: como ela desenvolvia qualidades ótimas, como, sem ela, não haveria "nenhum estímulo à indústria". Terry enfatizou bastante esse ponto.

"Nenhum estímulo à indústria", elas repetiram com aquele olhar intrigado que aprendemos a reconhecer tão bem. "ESTÍMULO? À INDÚSTRIA? Mas vocês não GOSTAM de trabalhar?"

– Nenhum homem trabalharia se não precisasse – declarou Terry.

– Ó, nenhum HOMEM! É uma das suas distinções de sexo?

– De forma alguma! – respondeu ele, apressado. – Quero dizer que ninguém, homem ou mulher, trabalharia sem incentivo. A competição é... é a força motriz, sabe.

– Não é assim conosco – explicaram elas com delicadeza –, então achamos difícil de entender. Você quer dizer, por exemplo, que, entre vocês, nenhuma mãe trabalharia por seus filhos sem o estímulo da competição?

A Terra Delas

Não, ele admitiu que não quis dizer isso. As mães, ele deu a entender, certamente trabalhariam para os filhos em casa, mas o trabalho do mundo era diferente; eram os homens que tinham que trabalhar, e eles precisavam do elemento competitivo.

Nossas três professoras ficaram bastante interessadas.

– Queremos muito saber... Vocês podem nos contar sobre o mundo inteiro, e nós só temos nosso pequeno país! E vocês são em dois, têm os dois sexos para se amar e ajudar. Deve ser um mundo rico e maravilhoso. Diga-nos, o que é o trabalho do mundo que os homens fazem e que não temos aqui?

– Ó, tudo – disse Terry grandemente. – Nossos homens fazem tudo. – Ele ajeitou os ombros largos e estufou o peito. – Não permitimos que nossas mulheres trabalhem. As mulheres são amadas, idolatradas, honradas, mantidas em casa para cuidar das crianças.

– O que é a "casa"? – perguntou Somel um pouco melancólica.

Mas Zava interrompeu:

– Espera, primeiro, me diga uma coisa: NENHUMA mulher trabalha, de verdade?

– Ora, sim... – admitiu Terry. – Algumas precisam trabalhar, as mais pobres.

– Há cerca de quantas delas no seu país?

– Cerca de sete ou oito milhões – respondeu Jeff, mais provocador do que nunca.

Comparações desagradáveis

Sempre tive orgulho do meu país, é claro. Todo mundo tem. Em comparação a outros países e outras raças que eu conhecia, os Estados Unidos da América sempre me pareceram tão bons quanto o resto deles, para ser modesto.

Mas, da mesma forma que uma criança de olhar sincero, inteligente, perfeitamente honesta e bem-intencionada frequentemente abala a autoestima das pessoas com suas indagações inocentes, o mesmo acontecia com aquelas mulheres, sem o menor indício de malícia ou sátira, ao continuarem colocando em pauta assuntos a ser discutidos dos quais precisávamos nos esforçar para nos evadir.

Agora que estávamos quase proficientes no idioma delas, tínhamos lido bastante sobre sua história e dado um panorama geral da nossa, elas conseguiam apurar ainda mais suas perguntas.

Assim, quando Jeff informou a quantidade de "mulheres assalariadas" que tínhamos, elas imediatamente perguntaram a população total e a proporção de mulheres adultas, e descobriram que éramos cerca de vinte milhões lá fora.

– Então pelo menos um terço das suas mulheres são... Como vocês chamaram mesmo? Assalariadas? E todas elas são POBRES. O que é ser POBRE, exatamente?

– No que diz respeito à pobreza, nosso país é o melhor do mundo – Terry contou a elas. – Não temos os pobres e pedintes miseráveis dos países mais velhos, eu garanto a vocês. Os visitantes europeus nos dizem que não sabemos o que é a pobreza.

– Nós também não – respondeu Zava. – Vocês não podem nos explicar?

Terry passou para mim, dizendo que eu era o sociólogo. Então expliquei que as leis da natureza exigem uma luta pela existência, e que os mais aptos sobreviviam a ela, e os inaptos pereciam. Em nossa luta econômica, continuei, havia bastante oportunidade para os mais aptos chegarem ao topo, o que acontecia em muitos casos, sobretudo no nosso país; disse que, onde havia grande pressão econômica, era óbvio que as classes inferiores sentiam mais e que, entre os mais pobres, todas as mulheres eram obrigadas a entrar no mercado de trabalho por necessidade.

Elas ouviram com atenção, fazendo as anotações de costume.

– Então cerca de um terço pertence à classe mais pobre – observou Moadine, séria. – E dois terços são aquelas que... Como vocês disseram tão belamente? Que são "amadas, honradas, mantidas em casa para cuidar das crianças". Imagino que esse um terço inferior não tenha filhos então, não é?

Jeff, que estava ficando tão mal quanto elas, respondeu com seriedade que, pelo contrário, quanto mais pobres, mais filhos elas tinham. Explicou que essa também era uma lei da natureza:

– A reprodução é inversamente proporcional à individualização.

– Essas "leis da natureza" são as únicas leis que vocês têm? – perguntou Zava com educação.

– Eu diria que não! – protestou Terry. – Temos sistemas de leis que remontam a milhares e milhares de anos, assim como vocês devem ter também, sem dúvida – concluiu ele com educação.

– Ó, não – disse Moadine a ele. – Não temos leis mais velhas que cem anos, e a maioria tem menos de vinte. Daqui a poucas semanas – prosseguiu – teremos o prazer de mostrar nosso pequeno país a vocês e explicar tudo o que querem saber. Queremos que vocês vejam nossa população.

– E posso garantir que nossa população quer ver vocês – acrescentou Somel.

Terry se iluminou com essa notícia e aceitou as renovadas demandas para nossa função de professores. Foi sorte sabermos tão pouco da realidade e não ter livros para consultar, senão acredito que ainda estaríamos lá ensinando àquelas mulheres ávidas por conhecimento sobre o resto do mundo.

Quanto à geografia, elas mantinham a tradição do Grande Mar além das montanhas e viam as infinitas planícies bastante arborizadas logo abaixo, e era isso. Mas, pelos poucos registros da sua antiga situação (com elas, não era "antes do dilúvio", mas antes daquele tremor forte que as isolou completamente), elas sabiam que havia outros povos e outros países.

Eram bastante ignorantes sobre geologia.

Quanto à antropologia, tinham as mesmas informações remanescentes sobre outros povos e sobre a selvageria dos ocupantes daquelas florestas escuras abaixo. Contudo, elas deduziram (suas mentes eram maravilhosamente aguçadas para fazer inferências e deduções!) sobre a existência e o desenvolvimento de civilizações em outros lugares, assim como inferimos o mesmo sobre outros planetas.

Quando nosso biplano chegou sobrevoando suas cabeças naquele primeiro voo de reconhecimento, elas instantaneamente aceitaram o fato como uma prova do alto desenvolvimento de Algum Lugar Além, e se prepararam para nos receber com tanta cautela e avidez quanto nos prepararíamos para receber visitantes de Marte vindos num meteoro.

É claro que não sabiam nada de história (exceto sua própria), a não ser pelas tradições antigas.

Seu conhecimento sobre astronomia era bastante funcional, era uma ciência bem arcaica e, por meio dela, tinham muita facilidade com noções matemáticas.

Possuíam bastante familiaridade com fisiologia. Na verdade, quando o assunto eram ciências mais simples e concretas, cujo objeto de estudo estava à mão e elas só precisavam debruçar a mente sobre o assunto, os resultados eram surpreendentes. Tinham desenvolvido química, botânica e física com todas as interseções onde a ciência encontra a arte ou se funde com uma atividade prática, com um conhecimento tão abrangente que nos fazia sentir como alunos escolares.

Assim que ficamos livres para circular pelo país, e após estudar e questionar ainda mais, descobrimos que o que uma sabia todas sabiam, em grande medida.

Posteriormente, conversei com pequenas moças montanhesas que viviam na parte mais alta, entre os longínquos vales de abetos escuros, com mulheres simples e bronzeadas, ágeis colhedoras em todo o campo, além daquelas que viviam nas cidades, e encontrei o mesmo nível elevado de inteligência em todos os lugares. Algumas sabiam bem mais do que outras sobre coisas específicas, elas eram especializadas, certamente, mas todas elas sabiam mais sobre qualquer assunto (quero dizer, sobre qualquer assunto que o país conhecia) do que nós.

Nós nos gabamos bastante pelo nosso "alto nível de inteligência geral" e pela nossa "educação pública compulsória", mas, se comparássemos as oportunidades, sua educação era muito melhor do que a do nosso povo.

Elas elaboraram uma espécie de resumo em andamento, que era preenchido conforme aprendiam mais coisas usando o que ensinamos, os rascunhos e os modelos que conseguimos preparar.

Fizeram um globo grande e tentamos desenhar nossos mapas incertos ali, auxiliados pelos que eu tinha naquele precioso anuário.

Elas se reuniram em grupos ansiosos, várias vieram para esse fim, e ouviam enquanto Jeff dava uma pincelada sobre a história geológica da Terra, mostrando-lhes seu país em relação aos outros. Daquele mesmo livro de bolso de referência que eu trouxe, pegaram fatos e imagens que assimilaram e relacionaram com uma sagacidade precisa.

Até Terry se interessou pelo trabalho.

– Se conseguirmos continuar com isso, elas vão querer que ensinemos todas as garotas escolares e universitárias. O que me dizem? – sugeriu ele. – Não sei como me oporia a ser uma autoridade para esse público.

De fato, elas nos pediram para dar aulas públicas posteriormente, mas não para as ouvintes ou com a finalidade que esperávamos.

O que faziam conosco era mais como se... Bem, digamos que como se fosse Napoleão extraindo informações militares de alguns camponeses iletrados. Elas sabiam exatamente o que perguntar e o que fazer com a informação obtida; tinham dispositivos mecânicos para disseminar informações quase iguais aos nossos e, quando fomos chamados para dar aulas, as mulheres do nosso público já tinham assimilado muito bem tudo o que reveláramos às nossas tutoras e se preparavam antes dos encontros, trazendo anotações e questionamentos que teriam intimidado até um professor universitário.

Tampouco o público era formado por garotas. Isso foi um pouco antes de sermos autorizados a conhecer as mulheres mais novas.

– Você se importaria em nos dizer o que vocês pretendem fazer conosco? – perguntou Terry de chofre um dia, encarando com aquele seu ar engraçado e meio petulante uma Moadine calma e amigável. No começo, ele costumava explodir e florear bastante, mas parecia que nada lhes agradava mais do que isso. Elas se juntavam ao seu redor e assistiam a ele como se fosse uma apresentação, educadamente, mas com evidente interesse. Então ele aprendeu a se controlar e seu comportamento era quase razoável. Quase.

Ela respondeu com calma e delicadeza:

– Não me importo um pouco. Pensei que já estivesse bastante óbvio. Estamos tentando aprender o máximo possível com vocês e ensinar o que quiserem saber sobre o nosso país.

– E é só isso? – insistiu ele.

Ela sorriu de forma um pouco enigmática:

– Isso depende.

– Depende do quê?

– Basicamente, de vocês mesmos – foi a resposta.

– Por que vocês nos mantêm tão isolados?

– Porque não nos sentimos muito seguras em deixá-los em liberdade onde há tantas mulheres jovens.

Terry ficou bastante satisfeito com aquilo. No fundo, ele tinha pensado nisso, mas insistiu na pergunta.

– Por que vocês teriam medo? Nós somos cavalheiros.

Ela deu aquele sorrisinho de novo e questionou:

– Os "cavalheiros" estão sempre seguros?

– Tenho certeza de que você não está pensando que qualquer um de nós – e ele disse isso enfatizando bastante o "nós" – poderia machucar suas jovens garotas, não é?

– Ó, não! – redarguiu ela rápido, realmente surpresa. – O perigo é o contrário. São elas que podem machucar vocês. Se, por algum acidente, vocês lesionarem qualquer uma de nós, teriam que encarar um milhão de mães.

Ele ficou tão perplexo e ultrajado que Jeff e eu rimos de verdade, mas ela continuou com delicadeza.

– Acho que você ainda não entendeu direito. Vocês são apenas homens, três homens, sozinhos em um país cuja população é formada única e exclusivamente por mães ou futuras mães. Para nós, a

Maternagem significa algo que ainda não encontrei em nenhum dos países sobre os quais vocês nos falaram. Você falou de Fraternidade Humana – ela se virou para Jeff – como um ótimo valor entre vocês, mas suponho que até isso esteja longe de ser colocado em prática, não é?

– Bem longe... – confirmou Jeff com certa tristeza.

– Aqui temos a Maternagem Humana colocada totalmente em prática – prosseguiu ela. – Nada além da irmandade literal da nossa origem e de uma comunhão mais profunda e arraigada obtida através do nosso crescimento social. Neste país, as crianças são o centro e o foco de todos os nossos pensamentos. Cada passo do nosso avanço sempre leva em consideração seu efeito sobre elas e sobre a raça. Nós somos MÃES, sabe – repetiu ela, como se esse enunciado resumisse tudo o que queria dizer.

– Não vejo como este fato (que é compartilhado por todas as mulheres) pode ser um risco para nós – insistiu Terry. – Você está me dizendo que elas defenderiam suas filhas de um ataque. É claro. Qualquer mãe faria isso. Mas não somos selvagens, minha bela senhora, não machucaremos a filha de nenhuma mãe.

Elas se entreolharam e balançaram um pouco a cabeça, então Zava se virou para Jeff e pediu que nos explicasse, dizendo que ele parecia compreender de forma mais abrangente que nós. Ele tentou.

Agora eu consigo entender, pelo menos bem mais do que antes, mas demorei bastante tempo e precisei de um belo esforço intelectual.

O que elas chamam de Maternagem é o seguinte:

Elas começaram com um nível realmente elevado de desenvolvimento social, algo como a Grécia ou o Egito Antigos. Então perderam tudo o que era masculino e, a princípio, imaginaram que toda a força humana e a segurança tivessem se perdido também. Depois, desenvolveram essa capacidade de nascimento virginal. Em seguida, como a prosperidade de suas filhas dependia disso, começaram a praticar a mais integral e sutil coordenação.

Lembro que, por muito tempo, Terry se recusou a aceitar a unanimidade evidente dessas mulheres, a característica mais notável de toda a sua cultura.

– É impossível! – insistia ele. – As mulheres não sabem cooperar; isso vai contra a sua natureza.

Quando nos referíamos aos fatos óbvios, ele dizia:

– Besteira!

Ou:

– Podem ficar com os fatos. Estou dizendo, não é possível!

E nunca conseguíamos fazê-lo ficar quieto, até Jeff mencionar os himenópteros.

– Olhe para as formigas, seu preguiçoso, e aprenda alguma coisa – falou ele, triunfante. – Elas não cooperam muito bem? Você não consegue derrotá-las. Este lugar é como um enorme formigueiro; e você sabe que formigueiros não passam de berçários. E as abelhas? Elas não conseguem cooperar e amar umas às outras? Assim como essas preciosas oficiais fazem. Mostre-me um grupo de criaturas masculinas, sejam elas pássaros, insetos ou feras, que funcione tão bem assim! Ou um dos seus países masculinos onde as pessoas trabalhem tão bem juntas como elas aqui! Estou falando, as mulheres são as cooperadoras naturais, não os homens!

Terry teve que aprender uma porção de coisas que não queria. Voltando à minha pequena análise do que aconteceu:

Elas desenvolveram toda essa estreita rede de serviços pensando em suas filhas. É claro que, para fazer o melhor trabalho, tiveram que se especializar. As crianças precisavam de fiandeiras e tecelãs, fazendeiras e jardineiras, carpinteiras e construtoras, além de mães.

E foi então que o lugar encheu. Quando a população se multiplica por cinco a cada trinta anos, logo as terras chegam a um limite, sobretudo em um país pequeno como aquele. Elas eliminaram rapidamente todos os rebanhos pastoris, acredito que as ovelhas tenham sido as últimas. Também desenvolveram um sistema de intensa agricultura que supera qualquer coisa da qual eu já tenha ouvido falar, transformando as próprias florestas com árvores frutíferas ou castanheiras.

Contudo, por mais que fizessem, não demorou para que chegasse um momento em que foram confrontadas com o problema da "pressão populacional" de forma bastante acentuada. O país lotou mesmo, e a consequência foi uma queda inevitável nos padrões.

E como aquelas mulheres lidaram com isso?

Não por meio de uma "luta pela sobrevivência", que resultaria em uma massa de pessoas subnutridas em eterno sofrimento tentando passar por cima das outras, algumas temporariamente no topo, muitas sempre esmagadas na base, um substrato desolador de pobres e degeneradas, sem serenidade nem paz para ninguém, sem a possibilidade de desenvolver qualidades realmente nobres entre as pessoas.

Tampouco partiram em excursões predatórias a fim de conquistar mais terras ou tirar comida de outras pessoas com o intuito de sustentar aquela porção de gente em sofrimento.

Nada disso. Elas se reuniram num conselho e elaboraram um plano. Pensaram com muita clareza e convicção. Disseram: "Com nossos melhores esforços, este país comporta uma quantidade X de pessoas com o padrão de paz, conforto, saúde, beleza e progresso que exigimos. Muito bem. Então esta é a quantidade de pessoas que faremos".

Pronto, aí está. Elas não eram Mães na nossa acepção de fecundidade involuntária e impotente, sabe, forçadas a povoar e superlotar a Terra, cada pedacinho dela, e depois ter que ver suas filhas sofrerem, pecarem e morrerem lutando de forma horrível umas com as outras, mas, sim, no sentido de Fazedoras de Pessoas Conscientes. Para elas, o amor materno não era uma paixão bruta, um mero "instinto", um sentimento totalmente pessoal; ele era... Ele era uma religião.

Incluía aquele sentimento ilimitado de irmandade, aquela ampla unidade no serviço que achávamos tão difícil de compreender. E era uma coisa nacional, racial, humana... Ó, não sei nem como dizer.

A Terra Delas

Estamos acostumados a ver aquela que chamamos de "mãe" completamente às voltas de um fascinante mundo infantil cor-de-rosa, sem o menor interesse nos assuntos de qualquer outra pessoa, sem falar nas necessidades comuns de TODAS as outras pessoas. Mas aquelas mulheres trabalhavam juntas para cumprir a maior das tarefas, elas eram Fazedoras de Pessoas, e as faziam muito bem.

Depois se seguiu um período de "eugenia negativa", que deve ter sido um sacrifício terrível. Normalmente estamos dispostos a "dar nossa vida" pelo nosso país, mas elas tiveram que abdicar da maternidade pelo seu país; e, para elas, esta era justamente a coisa mais difícil de fazer.

Quando minha leitura chegou a este ponto, fui pedir uma luz a Somel. Nessa época eu e ela já estávamos bem amigos, de uma forma que eu nunca tinha sido com nenhuma outra mulher da minha vida. Ela era uma alma bastante tranquila, passava aquela agradável sensação materna que o homem aprecia na mulher, mas também tinha uma inteligência notável e uma independência que eu normalmente imaginava serem qualidades masculinas. Nós já conversávamos muito.

– Olha só aqui – falei. – Houve esse período terrível em que elas cresceram tanto que decidiram limitar a população. Conversamos bastante sobre isso na minha sociedade, mas a atitude de vocês é tão diferente que fiquei com vontade de entender um pouco melhor.

– Compreendo que vocês fazem da Maternagem o serviço social mais elevado, um sacramento mesmo, que só é realizado uma vez pela maioria da população, que aquelas consideradas inaptas nem são autorizadas a passar por isso, e que ser encorajada a gerar mais de uma criança é a maior recompensa e honra que o Estado pode conceder.

(Ela interpolou aqui para dizer que o mais próximo que chegaram de uma aristocracia foi desenvolver uma linhagem de "Mães Superioras", formada pelas mulheres que recebiam tal honra.)

– Mas o que não entendo, obviamente, é como vocês evitavam isso. Eu sei que cada mulher tinha cinco filhas. Vocês não têm maridos tiranos para controlá-las, e certamente não destroem os nascituros...

Jamais me esquecerei do olhar de horror apavorante que ela me lançou. Pálida, levantou-se da cadeira, os olhos em chamas.

– Destruir os nascituros! – repetiu num sussurro baixo. – Os homens fazem isso no seu país?

– Os homens! – comecei a responder um pouco no calor do momento e vi o abismo na minha frente. Nenhum de nós queria que aquelas mulheres pensassem que as NOSSAS mulheres, das quais nos orgulhávamos tanto, eram inferiores a elas. Fico envergonhado ao dizer que estive errado. Contei a ela sobre determinados tipos de crimes cometidos por algumas mulheres, pervertidas ou loucas, como o infanticídio. Disse-lhe, com bastante sinceridade, que havia muitas coisas no nosso país que podiam ser criticadas, mas odiaria falar sobre os nossos defeitos antes que elas tivessem nos conhecido melhor, bem como as nossas condições.

E, dando uma volta enorme, regressei à minha pergunta sobre como elas limitaram a população.

Somel pareceu se arrepender, até se envergonhar um pouco, daquela demonstração de espanto tão evidente. Olhando para trás agora que as conheço melhor, fico cada vez mais e mais admirado ao perceber a primorosa cortesia com a qual elas receberam inúmeras das nossas declarações e admissões, que devem tê-las revoltado até a alma.

Com delicada seriedade, ela me explicou que, a princípio, cada mulher tinha cinco filhas, como eu tinha imaginado, e, no ávido desejo de construírem uma nação, continuaram assim por alguns séculos até se depararem com a absoluta necessidade de um limite. Este fato também era óbvio e do interesse de todas, igualmente.

Nesse momento, ficaram tão ansiosas para reprimir seu maravilhoso poder quanto estiveram quando precisaram desenvolvê-lo, e o assunto foi pensado e estudado com assiduidade por algumas gerações.

– Vivemos num esquema de racionamento antes de conseguir resolver a questão – contou-me ela. – Mas conseguimos resolver. Antes de a criança chegar até nós, vivemos um período de exaltação extrema, sabe. Todo o nosso ser é elevado e preenchido pelo desejo concentrado por aquela bebê. Aprendemos a ansiar por esse período com grande cautela. Com frequência nossas jovens mulheres, para quem a maternidade ainda não tinha chegado, conseguiam postergá-lo voluntariamente. Quando aquela urgência profunda e íntima por uma criança começava a ser sentida por uma mulher, ela se envolvia deliberadamente no trabalho mais ativo possível, tanto físico quanto mental, e confortava seu desejo cuidando e lidando diretamente com as bebês que já tínhamos, e isso era ainda mais importante.

Ela parou. Seu rosto sábio e gentil se impregnou de uma ternura profunda e reverente.

– Logo percebemos que o amor materno tem mais de um canal de expressão. Acho que o motivo de nossas filhas serem tão... tão amplamente amadas por todas nós é que nunca nos cansamos das nossas próprias filhas.

Isso me soava infinitamente patético, e foi o que eu disse.

– Temos muitas coisas ruins e angustiantes no nosso país – falei. – Mas nem tenho palavras para descrever quão lastimável isso parece: uma nação inteira de mães desprovidas!

Contudo, ela me lançou aquele sorriso controlado e disse que eu a tinha entendido mal.

– Precisamos lidar com certo nível de privação da felicidade pessoal – explicou ela. – Mas, lembre-se, temos um milhão de filhas para amar e cuidar. NOSSAS filhas.

Aquilo era demais para mim. Ouvir um monte de mulheres falar sobre "nossas filhas"! Mas acho que as formigas e as abelhas falariam desse jeito... Quiçá até falam.

De todo modo, era isso que elas faziam.

Quando uma mulher optava por se tornar mãe, ela permitia que o desejo pela filha crescesse dentro dela até o milagre natural acontecer.

Quando optava por não ser, tirava o assunto da cabeça e aquecia o coração com as outras bebês.

Vejamos... No nosso caso, as crianças, os menores de idade, constituem cerca de três quintos da população; no caso delas, correspondem a cerca de um terço ou menos. E elas são tão estimadas! Nenhum primogênito herdeiro de um trono imperial, nenhum bebê filho único de milionário, nenhuma criança sem irmãos de pais de meia-idade se compara à idolatria que as filhas da Terra Delas recebiam.

Mas, antes de entrar nesse assunto, quero terminar aquela pequena análise que eu estava tentando fazer.

Elas de fato conseguiram limitar a população de forma permanente, e o país estava mais do que apto a oferecer uma vida plena e abundante para todas elas: havia bastante de tudo, inclusive espaço, ar e até solidão.

Então elas começaram a trabalhar para melhorar a qualidade da população, já que a quantidade era restrita. E trabalhavam nisso ininterruptamente há cerca de mil e quinhentos anos. Não é de se surpreender que elas sejam boas pessoas, não é?

Fisiologia, higiene, saneamento, exercícios físicos: tudo isso tem sido aperfeiçoado desde então. Elas quase não têm doenças, tanto que o alto desenvolvimento que tinham no que chamamos de "ciência da medicina" se tornara uma arte praticamente perdida. Eram pessoas bem alimentadas e vigorosas e contavam sempre com as melhores e mais perfeitas condições de vida.

Quando o assunto era psicologia, nada nos deixava tão de queixo caído, tão profundamente impressionados quanto o conhecimento (e a prática) que elas tinham nessa linha. À medida que descobríamos mais, aprendíamos a apreciar a mestria extraordinária com a qual elas nos compreenderam e lidaram conosco, desde o início, nós, estranhos de uma raça alienígena, um desconhecido sexo oposto.

Com esse conhecimento amplo, profundo e abrangente, elas lidaram com os problemas da educação e os solucionaram de formas que espero conseguir explicar mais para a frente. Em comparação às nossas crianças, aquelas meninas amadas pela nação eram como as rosas mais suntuosas e perfeitamente cultivadas se comparadas a... ervas daninhas. Ainda assim, elas não pareciam "cultivadas", aquilo se tornara uma condição natural.

E aquelas pessoas, que desenvolviam constantemente sua capacidade mental, sua força de vontade, sua devoção social, estavam brincando com as artes e as ciências (pelo menos as que conheciam) fazia uma boa porção de séculos com um sucesso imbatível.

Era naquele país tranquilo e agradável, entre aquelas mulheres sábias, gentis e fortes que nós, em nossa simplificada pretensão de superioridade, tínhamos chegado de repente. E agora, domesticados e treinados para o nível que elas consideravam saudável, éramos enfim autorizados a ver o país e a conhecer as pessoas.

Nossa crescente modéstia

Elas enfim nos consideraram domados e treinados o suficiente para recebermos tesouras, e nos barbeamos da melhor forma possível. Decerto uma barba bem aparada é mais confortável que uma cheia. É claro que não tinham lâminas para nos oferecer.
— Com tantas velhas, você achou mesmo que elas teriam lâminas? — debochou Terry.
Jeff, porém, alegou que nunca tinha visto tanta ausência de pelos faciais em mulheres.
— Em todo caso, parece que a ausência de homens as tornou mais femininas nesse sentido — sugeriu ele.
— Bem, só nesse sentido, né — concordou Terry com relutância. — Nunca vi um grupo tão pouco feminino. Não me parece que uma filha por cabeça seja suficiente para desenvolver o que chamo de maternalismo.
Para Terry, maternalismo era o que normalmente pensávamos quando falávamos de maternidade e envolvia uma mãe com um bebê nos braços ou "uma prole no colo", completamente absorta no referido

bebê ou na prole. Uma maternagem que permeava toda uma sociedade, influenciava cada coisa e cada setor, protegia totalmente todas as crianças e lhes oferecia os mais perfeitos cuidados e treinamentos não parecia algo maternal para Terry.

Já estávamos bastante acostumados em usar aquelas roupas. Eram tão confortáveis quanto as nossas (algumas vezes até mais) e, sem dúvida, mais bonitas. Quanto aos bolsos, não deixavam nada a desejar. Aquele segundo traje era equipado com vários deles, dispostos de forma bastante engenhosa, convenientes para as mãos e não inconvenientes para o corpo, e serviam tanto para fortalecer o vestuário quanto para conferir toques de costura decorativa.

Nisso e em tantos outros aspectos observados, empregava-se uma inteligência prática combinada a uma refinada sensibilidade artística e, aparentemente, livre de qualquer influência nociva.

Nossa primeira fase de relativa liberdade foi ocupada por um passeio guiado e particular pelo país. Sem escolta quíntupla! Fomos acompanhados somente por nossas tutoras especiais, com as quais nos dávamos excelentemente bem. Jeff dizia que amava Zava como a uma tia "mas mais alegre que qualquer outra tia que já conheci"; Somel e eu estávamos bastante próximos, éramos melhores amigos; mas era engraçado observar Terry e Moadine. Ela era paciente com ele, e educada, mas lembrava a paciência e a educação de um grande homem, como um diplomata habilidoso e experiente em relação a uma garota escolar. A anuência séria dela à mais absurda demonstração de sentimentos dele, sua risada genial não apenas com ele, mas dele (o que eu percebia com frequência, embora com impecável polidez), as perguntas inocentes que ela fazia e que, quase invariavelmente, o levava a dizer mais do que ele pretendia... Jeff e eu achávamos muito divertido de assistir.

Ele nunca pareceu perceber aquela tranquila superioridade. Quando ela parava de argumentar, ele sempre achava que a tinha silenciado; quando ela ria, ele considerava um tributo à sua esperteza.

Eu odiava admitir para mim mesmo quanto Terry tinha caído na minha estima. Tenho certeza de que Jeff sentia o mesmo, mas nenhum de nós dois reconheceu o fato mutuamente. Em casa, o comparávamos a outros homens e, apesar de conhecermos suas falhas, de forma alguma ele era um tipo incomum. Conhecíamos suas virtudes também, e elas sempre pareceram mais proeminentes que os pontos fracos. Ao ser comparado com as mulheres (refiro-me às mulheres do nosso país), ele sempre se destacou. Era visivelmente popular. Nunca foi discriminado, mesmo quando todos estavam cientes dos seus hábitos; em alguns casos sua reputação, favoravelmente o chamavam de "um homem festivo", parecia um charme especial.

Mas aqui, em comparação à sabedoria calma e ao humor calado e contido daquelas mulheres, comparado apenas com o abençoado Jeff e comigo, um cara pouco notável, Terry se destacava bastante.

Isso não acontecia quando ele era "um homem entre os homens" nem um homem entre (vou ter que dizer isso) "fêmeas"; sua masculinidade acentuada parecia complementar a feminilidade também acentuada delas. Mas aqui ele ficava totalmente deslocado.

Moadine era uma mulher grande com uma força equilibrada que raramente oscilava. Seus olhos eram tão tranquilos e observadores quanto os de uma esgrimista. Ela mantinha uma boa relação com seu tutorado, mas eu duvido que muitas teriam conseguido fazer aquilo tão bem, mesmo naquele país.

Entre nós ele a chamava de "Modilha" e dizia que era "uma boa e velha alma, mas um pouco lenta", e estava bastante equivocado sobre isso. Nem preciso dizer que chamava a professora de Jeff de "Java", algumas vezes "Mocha" ou simplesmente "Café", quando estava mais malcriado ia de "Chicória" e até "Postum"[3]. Mas Somel escapou do seu humor, exceto por um forçado "Só mel".

---

[3] *Postum* é o nome de uma marca norte-americana que fabrica um substituto de café à base de raízes de chicória e grãos torrados. (N.T.)

– Vocês não têm mais de um nome? – perguntou ele um dia, após sermos apresentados a um grupo delas, todas com nomes agradáveis, estranhos e formados por poucas sílabas como os que conhecíamos.

– Ó, sim – respondeu Moadine. – Várias de nós recebemos outro ao longo da vida, um nome descritivo. Este é o nome que ganhamos ao nascer. Às vezes, ele também é trocado ou recebe um acréscimo, quando se tem uma vida abastada fora do comum. É o caso da nossa Mãe Terra atual, por exemplo, que vocês chamariam de presidente ou rei, eu acho. Desde criança ela já era chamada de Mera, que significa "pensadora". Mais tarde, foi adicionado o "Du" (Du-Mera, a sábia pensadora), e, agora, todas nós a conhecemos como O-du-mera, a grande e sábia pensadora. Vocês precisam conhecê-la.

– Então não há sobrenomes? – continuou Terry com um ar um pouco complacente. – Não há nomes de família?

– Qual, não – respondeu ela. – Para quê? Somos todas descendentes de uma mesma fonte, somos uma única "família", na realidade. Nossa história comparativamente breve e limitada nos dá ao menos essa vantagem, sabe.

– Mas as mães não querem que a própria filha carregue seu nome? – perguntei.

– Não... Por que deveria? A criança já tem o dela.

– Ah, para... Para identificação... Para que as pessoas saibam de quem ela é filha.

– Mantemos registros bastante cuidadosos – informou Somel. – Todas nós temos a exata linha de descendência até nossa querida Primeira Mãe. Há vários motivos para isso. Mas, quanto a todas saberem qual filha veio de qual mãe... Para quê?

Nesse caso, e em tantos outros, pudemos sentir a diferença entre uma mentalidade puramente maternal e outra puramente paternal. Era estanho, mas parecia que aquele elemento de orgulho pessoal não existia.

– E seus outros feitos? – questionou Jeff. – Vocês assinam seus nomes neles? Livros, estátuas, coisas assim?

– Sim, com certeza, e ficamos felizes e orgulhosas em fazê-lo. Não apenas nos livros e nas estátuas, mas em todo o tipo de trabalho. Vocês verão pequenos nomes nas casas, na mobília, às vezes até na louça. Porque, senão, é provável que esqueçamos, e queremos saber a quem agradecer.

– Você fala como se fossem feitos para a conveniência das consumidoras, não pelo orgulho da criadora – sugeri.

– É para ambas – respondeu Somel. – Temos bastante orgulho do nosso trabalho.

– Então por que vocês não têm das suas filhas? – inquiriu Jeff.

– Mas nós temos! Somos extremamente orgulhosas delas – insistiu ela, com vigor.

– Por que razão, então, vocês não as assinam? – questionou Terry, de modo triunfante.

Moadine virou-se para ele com seu sorriso ligeiramente debochado:

– Porque o produto final não é privado. Quando são bebês, às vezes nos referimos a elas como "Lato, de Essa" ou "Amel, de Novine", mas é apenas para fins descritivos e coloquiais. É claro que, nos registros, a criança é colocada em sua própria linhagem de mães, mas, quando falamos pessoalmente com ela, a tratamos como Lato ou Amel, sem mencionar suas ancestrais.

– Mas vocês têm nomes o suficiente para dar um novo a cada criança?

– Certamente, para todas as gerações vivas.

Em seguida, perguntaram sobre nossos métodos e entenderam que "nós" fazíamos de tal maneira, e que outras nações faziam de forma diferente. Então quiseram saber qual método tinha se mostrado o melhor, e tivemos que admitir que, até onde sabíamos, não houve tentativas de comparação, cada povo seguia os próprios costumes com a convicção de ser superior, desprezando ou ignorando os outros.

A Terra Delas

A qualidade mais patente de todas as instituições dessas mulheres era a racionalidade. Quando mergulhei nos registros para inferir alguma linha de desenvolvimento, descobri a coisa mais impressionante: o esforço consciente que faziam para melhorar.

Elas perceberam cedo o valor de determinadas melhorias, deduziram com facilidade que havia espaço para outras e se esforçaram muito para desenvolver dois tipos de mentes: as críticas e as inventivas. Aquelas que logo demonstravam uma tendência à observação, distinção e sugestão recebiam um treinamento especial para essa função específica; algumas de suas oficiais mais elevadas passavam o tempo estudando minuciosamente um ou outro ramo de trabalho a fim de desenvolvê-lo ainda mais.

Elas não tinham dúvida de que cada geração traria algumas mentes novas que encontrariam falhas e mostrariam a necessidade de mudanças, e todo o pelotão de inventoras estava disponível para aplicar sua capacidade especial no ponto criticado e fazer sugestões.

A essa altura já tínhamos aprendido a não começar nenhum debate sobre alguma das suas características sem primeiro nos prepararmos para responder a perguntas sobre os nossos próprios métodos, então preferi ficar quieto sobre essa melhoria consciente. Não estávamos preparados para mostrar que o nosso jeito era melhor.

Crescia em nossa mente, pelo menos na de Jeff e na minha, uma apreciação profunda pelas vantagens daquele país estranho e de sua gestão. Terry se mantinha crítico. Quase tudo lhe dava nos nervos. Ele estava de fato irritadiço.

O recurso mais notável daquele país inteiro era a perfeição da sua cadeia de abastecimento de alimentos. Tínhamos notado já naquela primeira caminhada pela floresta, na primeira vista parcial obtida em nossa aeronave. Agora, elas nos levavam para ver aquele jardim glorioso e nos mostrar seus métodos de cultivo.

O país era mais ou menos do tamanho da Holanda, tinha cerca de vinte e cinco mil a trinta mil metros quadrados. Era possível perder várias Holandas naqueles flancos arborizados das montanhas íngremes. Sua população era de aproximadamente três milhões de pessoas; não era grande, mas a qualidade era uma questão. Três milhões já é suficiente para oferecer uma variação considerável, e aquelas mulheres eram mais diversas do que tínhamos imaginado a princípio.

Terry insistiu que, se fossem mesmo partenogênicas, elas deveriam ser tão parecidas quanto as formigas ou os afídeos, e ressaltou suas evidentes diferenças como uma prova de que havia homens ali, em algum lugar.

Contudo, em nossas conversas posteriores mais íntimas, perguntamos a elas como acreditavam obter tamanha diversidade sem a fertilização cruzada. Nossas tutoras atribuíram tal característica em partes à educação cuidadosa, que acompanhava toda e qualquer pequena tendência de diferenciação, e, em parte, à lei da mutação. Elas a tinham descoberto no seu trabalho com as plantas e a comprovavam totalmente usando o próprio exemplo.

Elas eram mais parecidas fisicamente do que nós, uma vez que não contavam com os tipos mórbidos ou excessivos. Todas eram altas, fortes, saudáveis e belas enquanto raça, mas diferiam individualmente em uma porção de traços, cores e expressões.

– Mas, sem dúvida, o desenvolvimento mais importante está na mente e nas coisas que fazemos – afirmou Somel. – Vocês acham que sua variação física é acompanhada por uma variedade proporcional nas ideias, nos sentimentos e nos produtos? Ou vocês acham que as pessoas mais parecidas também têm uma vida íntima e trabalhos similares?

Ficamos um pouco em dúvida nesse ponto, inclinados a afirmar que havia uma chance maior de melhoria quanto maior fosse a variação física.

– Deve ser mesmo, com certeza – admitiu Zava. – Sempre consideramos um infortúnio grave termos perdido metade do nosso pequeno mundo. Talvez este seja um dos motivos pelos quais nos esforçamos tanto para atingir um desenvolvimento consciente.

– Mas as características adquiridas não são transmissíveis – declarou Terry. – Weismann provou isso.

Elas nunca debatiam nossas afirmações categóricas, só as anotavam.

– Se for assim, então nosso aperfeiçoamento deve ser por causa da mutação ou apenas pela educação mesmo – prosseguiu ela, séria. – Não há dúvida de que melhoramos. Pode ser que todas essas qualidades elevadas estivessem latentes na mãe original, que a educação cuidadosa as traz à tona e que nossas diferenças pessoais dependam de ligeiras variações durante o período pré-natal.

– Acho que se deve mais ao seu conhecimento acumulado – sugeriu Jeff. – E ao desenvolvimento psíquico incrível que vocês tiveram. Sabemos muito pouco sobre métodos de verdadeiro cultivo da alma, e vocês parecem ter um amplo conhecimento sobre o assunto.

Fosse o que fosse, sem dúvida o nível de inteligência ativa e de comportamento delas era mais alto do que percebêramos até então. Como durante a nossa vida tínhamos conhecido poucas pessoas que demonstravam o mesmo grau de cortesia gentil e eram tão agradáveis de conviver, pelo menos quando estavam acompanhadas, presumíamos que as nossas colegas tinham sido escolhidas a dedo. Mais tarde, ficamos cada vez mais impressionados ao perceber que aquela educação amigável era de nascença, que elas nasciam e cresciam dentro dela, que, para elas, aquilo era um aspecto tão natural e universal como a brandura das pombas ou a alegada sabedoria das serpentes.

Quanto à inteligência, confesso que era a característica mais impressionante e, para mim, a mais humilhante da Terra Delas. Logo paramos de comentar com elas sobre isso e outros assuntos que elas consideravam lugares-comuns e que resultariam em questionamentos vergonhosos sobre a nossa própria condição.

Nenhuma outra esfera revelava melhor tal distinção do que a cadeia de abastecimento alimentar, a qual tentarei descrever agora.

Após aprimorar sua agricultura ao máximo e estimar meticulosamente a quantidade de pessoas que poderiam viver com conforto em seus metros quadrados, limitando a população àquela quantidade, poderíamos achar que isso era tudo a ser feito. Mas elas não pensaram assim. Para elas, o país era uma unidade, era delas. Elas próprias eram um grupo uno e consciente; elas pensavam nos termos da comunidade. Assim, sua noção de tempo não se limitava às esperanças e ambições da vida de uma indivídua. Por consequência, tiveram o hábito de cultivar e aprimorar as plantas, o que poderia levar séculos.

Nunca vi, e dificilmente imaginei, seres humanos executando um trabalho como o de reflorestar deliberadamente uma floresta inteira com diferentes tipos de árvores. Contudo, para elas, esse parecia ser o senso comum mais simples, como um homem que ara um terreno de pior qualidade para semeá-lo de novo. Agora todas as árvores davam frutos, ou melhor, davam frutos comestíveis. Havia uma árvore da qual elas tinham um orgulho especial, pois originalmente ela não dava frutos (quero dizer, frutos que as humanas podiam comer), mas era tão bonita que quiseram mantê-la. Fizeram experimentos por novecentos anos e, agora, eram capazes de nos mostrar uma árvore particularmente graciosa com uma profusa colheita de sementes nutritivas.

Não demorou muito para que decidissem que as árvores eram as melhores plantas alimentícias, pois requeriam menos trabalho no cultivo do solo e ofereciam uma grande quantidade de alimento em uma mesma área, além de contribuírem para a preservação e o enriquecimento do solo.

Uma merecida atenção também foi conferida às safras sazonais, frutas e nozes, grãos e bagas, que eram cultivados durante quase o ano inteiro.

Na parte mais alta do país, próximo à cadeia montanhosa ao Sul, elas tinham um verdadeiro inverno com neve. Na direção Sudeste, havia um vale amplo com um lago de foz subterrânea, cujo clima era semelhante ao da Califórnia e onde cresciam frutas cítricas, figos e azeitonas em abundância.

O que me impressionou particularmente foi seu esquema de fertilização. Lá estava aquele pequeno pedaço de terra isolada, sobre o qual poderíamos pensar que um povo ordinário teria morrido de fome há muito tempo ou se limitado a uma batalha anual pela sobrevivência. Aquelas cultoras cuidadosas desenvolveram um esquema perfeito de retroalimentação do solo com tudo o que saía dele. Todas as sobras e restos de alimentos, todo o resíduo vegetal do seu trabalho de carpintaria ou da indústria têxtil, toda a matéria sólida do esgoto eram tratados e combinados adequadamente: tudo o que vinha da terra voltava para ela.

O resultado prático era similar ao de qualquer floresta saudável; um solo cada vez mais rico, em vez do empobrecimento progressivo visto com tanta frequência no resto do mundo.

Quando isso nos saltou aos olhos, fizemos comentários tão aprovadores que elas ficaram surpresas por aquele lugar comum tão óbvio ser elogiado e perguntaram por nossos métodos. Tivemos alguma dificuldade em... Bem, em tentar distraí-las ao falarmos sobre o tamanho das nossas terras e o descuido (admitido) com o qual havíamos tirado o suprassumo delas.

Pelo menos pensávamos que as distraíamos. Depois eu descobri que, além de manter um registro cuidadoso e preciso sobre tudo o que dizíamos, elas também mantinham uma espécie de gráfico cheio de lacunas no qual anotavam e estudavam as coisas que falávamos e que nitidamente evitávamos. Resumindo, para aquelas educadoras habilidosas, elaborar uma estimativa dolorosamente precisa sobre as nossas condições era quase uma brincadeira de criança. Quando determinada linha de observação parecia resultar em alguma inferência muito assustadora, elas sempre nos davam o benefício da dúvida, deixando-a em aberto para futuras averiguações. Elas, literalmente, não conseguiam acreditar em algumas das coisas que tínhamos aprendido a aceitar como perfeitamente naturais ou pertencentes às limitações da raça humana e, como eu disse, nós três tínhamos nos unido em um esforço tácito para ocultar ao máximo nosso nível social.

– Que se dane a mentalidade de vó delas! – exclamou Terry. – É claro que elas não conseguem entender o Mundo do Homem! Elas não são humanas, são só um bando de fê... de fê... de fêmeas!

Ele disse isso logo após ter que reconhecer a partenogênese delas.

– Eu gostaria que nossa mentalidade de vô tivesse se saído tão bem – falou Jeff. – Você realmente acha que devemos levar crédito por termos vagado por tanto tempo com toda a nossa pobreza, doenças e o escambau? Elas têm paz e abundância, saúde e beleza, bondade e intelecto. Eu acho que são um povo excelente!

– Você descobrirá que elas também têm suas falhas – insistiu Terry, e, um pouco por autodefesa, nós três começamos a procurar seus defeitos. Debruçamo-nos bastante sobre o assunto antes de chegarmos a nossas especulações infundadas.

– Vamos imaginar que exista um país só de mulheres – Jeff tinha colocado várias vezes. – Como ele será?

E, sabichões, tínhamos total certeza sobre as inevitáveis limitações, os defeitos e os vícios de várias mulheres. Esperávamos que elas se dedicassem ao que chamávamos de "vaidade feminina" ("rendas e babados"), e descobrimos que tinham desenvolvido uma vestimenta mais perfeita que os trajes chineses, belíssima quando desejada, sempre útil, indiscutivelmente digna e de bom gosto.

Esperávamos uma monotonia enfadonha e submissa, e descobrimos uma inventividade social audaciosa muito além da nossa e um desenvolvimento mecânico e científico totalmente equiparado ao nosso.

Esperávamos frivolidade, e encontramos uma consciência social que fazia com que nossos povos parecessem crianças birrentas de mente fraca.

A Terra Delas

Esperávamos ciúme, e descobrimos uma elevada afeição entre irmãs, uma inteligência justa para a qual não tínhamos paralelo.

Esperávamos histeria, e descobrimos um nível altíssimo de saúde e vigor, um temperamento tranquilo para o qual o hábito da degradação, por exemplo, era impossível de explicar (e nós tentamos).

Até Terry precisou admitir todas essas coisas, mas ainda insistia que encontraríamos o outro lado bem rapidinho.

– É o que faz sentido, não é? – argumentou ele. – A coisa toda é tão artificial. Diabo! Eu diria que seria impossível, se não estivéssemos aqui. E uma condição artificial certamente traz resultados artificiais. Vocês encontrarão algumas características terríveis, vocês vão ver! Por exemplo, ainda não sabemos o que elas fazem com as criminosas, as deficientes, as idosas. Vocês não perceberam que não existe nenhuma? Tem que ter alguma coisa!

Eu estava inclinado a acreditar que tinha que ter alguma coisa mesmo, então peguei o boi pelos chifres (ou a vaca, melhor dizendo!) e perguntei a Somel.

– Quero encontrar algum defeito em meio a toda essa perfeição – eu lhe disse de forma direta. – É simplesmente impossível que três milhões de pessoas não tenham nenhum defeito. Estamos fazendo o melhor para compreender e aprender... Você poderia nos ajudar me dizendo o que vocês acham que são as piores qualidades desta civilização única?

Estávamos sentados juntos em um lugar sombreado naqueles jardins-restaurantes delas. Tínhamos nos alimentado com uma comida deliciosa, o prato de frutas ainda estava na nossa frente. De um lado, víamos um campo aberto, tranquilo, rico e adorável, do outro, o jardim com mesas espalhadas aqui e ali, em distância suficiente para manter a privacidade. Permita-me aproveitar esta oportunidade para dizer que, com todo o seu cuidadoso "equilíbrio populacional", não havia aglomeração naquele país. O lugar era espaçoso e havia liberdade ensolarada para todas, em todos os lugares.

Somel encostou o queixo na mão, apoiou o braço na parede baixa ao seu lado e olhou para as belas terras ao longe.

– É claro que temos defeitos, todas nós – disse ela. – De certo modo, poderíamos até dizer que temos mais do que antes, uma vez que nosso padrão de perfeição parece se distanciar cada vez mais. Mas não nos desencorajamos, porque nossos registros mostram progresso, um progresso considerável.

– Quando começamos, embora tenhamos surgido de uma mãe particularmente nobre, herdamos as características de sua longa linhagem pregressa. E tais características se destacavam de vez em quando, de forma alarmante. Mas faz... É, faz seiscentos anos que tivemos o que você chama de "criminosa". É claro que a primeira coisa que fizemos foi descartar e eliminar os tipos inferiores sempre que possível.

– Eliminar? – perguntei. – Como vocês fizeram para eliminar com a partenogênese?

– Se a garota que apresentasse as qualidades negativas tivesse competência para considerar seu dever social, apelávamos a ela para renunciar à maternidade. Por sorte, algumas das piores não foram capazes de reproduzir. Todavia, se o defeito era um egotismo desproporcional, a garota tinha certeza do seu direito de ter filhas, inclusive acreditava que as suas filhas seriam melhores que as das outras.

– Imagino – concordei. – E ela provavelmente as criaria com essa mesma mentalidade.

– Isso, com certeza, nós nunca permitimos – afirmou-me Somel com tranquilidade.

– Não permitiram? – indaguei. – Não permitiram que uma mãe criasse a própria filha?

– É claro que não – continuou Somel. – A menos que ela estivesse apta a executar tarefa tão sublime.

Isso foi um golpe nas minhas antigas convicções.

– Mas eu pensei que, para todas vocês, a maternagem fosse...

– Maternagem... É, quero dizer, a maternidade, parir uma filha. Mas a educação é nossa arte mais elevada, e só nossas melhores artistas estão aptas a realizá-la.

– Educação? – Eu estava confuso de novo. – Não me refiro à educação. Quando falo de maternagem não me refiro apenas a dar à luz, mas também a cuidar das bebês.

– O cuidado das bebês envolve educação, e ele é conferido apenas às mais competentes – repetiu ela.

– Então vocês separam as filhas das mães! – exclamei horrorizado, um pouco dominado pela sensação de Terry de que tinha que existir algo de errado entre tantas virtudes.

– Nem sempre – explicou ela com paciência. – Sabe, quase toda mulher valoriza sua maternidade acima de qualquer outra coisa. Toda menina traz esse sentimento agradável consigo, uma alegria indescritível, uma honra culminante, a coisa mais íntima, pessoal e preciosa. Ou seja, o cuidado das crianças se tornou uma cultura estudada com tanta profundidade entre nós e praticada com tanta sutileza e habilidade que, quanto mais amamos nossas filhas, menos queremos confiar esse processo a mãos pouco habilidosas, mesmo que sejam as nossas próprias.

– Mas o amor materno... – arrisquei.

Ela estudou meu rosto, tentando elaborar uma forma de explicar com clareza.

– Você nos contou sobre seus dentistas – disse ela, enfim. – Aquelas pessoas estranhamente especializadas que passam a vida preenchendo pequenos buracos nos dentes de outras pessoas, até nos dentes das crianças de vez em quando.

– Sim. E daí? – falei, sem entender aonde ela queria chegar.

– O amor materno incita as mães (as suas mães) a preencher os dentes dos próprios filhos? Ou a quererem fazer isso?

– Qual não! É claro que não – protestei. – Mas isso é um trabalho altamente especializado. É claro que cuidar de bebês é acessível a qualquer mulher, a qualquer mãe!

– Nós não pensamos assim – respondeu ela com delicadeza. – Entre nós, somente as mais competentes desempenham tal função. E a maioria das nossas meninas se esforça demais para isso. Eu lhe garanto que temos as melhores.

– Mas a coitada da mãe... enlutada pela sua bebê...

– Ó, não! – garantiu-me ela com vigor. – Nem um pouco enlutada. A bebê ainda é filha dela, ela fica com a criança, não a perdeu. Mas não é a única a cuidar da menina. Ela sabe que há outras mulheres mais sábias. E sabe disso porque estudou e praticou como elas, e honra sua verdadeira superioridade. Pelo bem da criança, ela fica feliz por sua filha receber o melhor dos cuidados.

Eu não me convenci. Além do mais, eram apenas rumores; eu ainda precisava ver a maternagem da Terra Delas.

As garotas da Terra Delas

O desejo de Terry foi, enfim, realizado. Sempre com cortesia e nos oferecendo livre escolha, fomos convidados a falar com o público em geral e com as turmas de garotas.

Eu me lembro da primeira vez e do cuidado que tivemos com nossas roupas e nossa barbearia amadora. Terry, em particular, estava tão melindroso com o corte da própria barba e criticou tanto as nossas esforçadas tentativas de ajudá-lo que lhe entregamos a tesoura e dissemos para ele se virar. Começávamos a apreciar aquelas barbas; eram quase nossa única distinção em relação àquelas mulheres altas e corpulentas, de cabelos curtos e roupas unissex. Elas nos dispuseram uma ampla seleção de trajes, e os escolhemos de acordo com nosso gosto pessoal e, ao encontrar com públicos maiores, ficamos surpresos quando percebemos que éramos os mais bem-arrumados, sobretudo Terry.

Ele era uma figura bastante impressionante, seus traços fortes um pouco atenuados pelo cabelo mais comprido (embora tenha me feito apará-lo, deixando-o o mais curto que consegui), e vestia uma túnica bastante bordada e uma faixa ampla e solta que lhe conferia um ar de Henrique V. Jeff parecia mais... bem, parecia um amante huguenote; e eu não sei dizer qual era a minha aparência, só sei que me sentia muito confortável. Quando voltei a usar nossa armadura acolchoada com suas barras endurecidas, percebi com profunda lamentação quão confortáveis eram aquelas roupas da Terra Delas.

Passamos os olhos por aquele público, procurando pelas três faces resplandecentes que conhecíamos, mas não as encontramos. Era uma multidão de garotas: tranquilas, empolgadas, atentas, olhos e ouvidos em alerta para ver e ouvir.

Pediram-nos para fazer uma espécie de sinopse resumida da história mundial, do tamanho que quiséssemos, e para responder às perguntas delas.

– Somos tão profundamente ignorantes, sabe – explicou-nos Moadine. – Só conhecemos as ciências que nós mesmas descobrimos, apenas o trabalho mental de um pequeno país; e imaginamos que vocês se ajudaram ao redor do mundo, compartilhando suas descobertas, agregando seus progressos. Sua civilização deve ser tão maravilhosa, bela e suprema!

Somel deu outra sugestão.

– Vocês não precisam começar do zero, como fizeram conosco. Nós elaboramos uma espécie de resumo do que aprendemos com vocês, e o país inteiro já o absorveu muito bem. Querem ver o nosso esboço?

Estávamos ansiosos para vê-lo e ficamos bastante impressionados. A princípio, tínhamos certeza de que aquelas mulheres eram ignorantes a respeito do que considerávamos um conhecimento elementar e, do avião, elas nos pareceram crianças ou selvagens. Conforme as conhecemos melhor, fomos forçados a admitir que eram tão ignorantes quanto Platão e Aristóteles, e tinham uma mentalidade tão desenvolvida quanto as da Grécia Antiga.

Longe de mim abarrotar estas páginas com relatos do que nos esforçamos para ensinar a elas com tanta imperfeição. O que elas nos ensinaram é que é digno de nota, ao menos um breve relance disso. E, naquele momento, nosso maior interesse não estava no assunto da conversa, mas na audiência.

Garotas, centenas delas, empolgadas, olhos iluminados, rostos jovens e atenciosos; inúmeras questões e, lamento dizer, uma inaptidão cada vez maior da nossa parte em responder-lhes com eficácia.

Nossas tutoras especiais (que estavam no palco conosco e, às vezes, nos ajudavam a elucidar alguma pergunta ou, com mais frequência, alguma resposta) perceberam isso e encerraram a parte formal da aula noturna um pouco rápido.

– Nossas jovens mulheres ficarão felizes em encontrar com vocês – sugeriu Somel – e conversar mais pessoalmente. Vocês aceitam?

Se aceitávamos? Não víamos a hora de isso acontecer, e foi o que dissemos, e notei o esboço de um sorriso passar pela fronte de Moadine. Mesmo naquele momento, com todas aquelas jovens ansiosas esperando para conversar conosco, uma pergunta repentina me passou pela cabeça: "Qual é o ponto de vista delas? O que será que acharam de nós?". Descobrimos isso mais tarde.

Terry mergulhou entre aquelas jovens criaturas numa espécie de êxtase, como um nadador animado vai em direção ao mar. Jeff, com um olhar enlevado e uma expressão comovida, aproximou-se como se fosse um sacramento. Mas eu estava um pouco contido por aquele último pensamento e mantive os olhos abertos. Mesmo cercado por um grupo de questionadoras impacientes (todos nós estávamos), tive tempo de observar Jeff e perceber como seus olhos devotos e sua cortesia séria agradavam e atraíam algumas delas, enquanto outras, que pareciam um pouco mais duronas, se afastavam do grupo dele para se aproximar do meu ou do de Terry.

Observei Terry com especial interesse, sabendo por quanto tempo ele aguardou aquele momento e quão irresistível ele sempre fora em nossa terra natal. E consegui perceber, somente de relance, é claro, como sua abordagem sedutora e habilidosa parecia irritá-las, seus olhares íntimos demais eram vagamente ressentidos, seus elogios confundiam e incomodavam. Às vezes uma garota corava, porém, não abaixando os olhos baixos e demonstrando uma timidez convidativa, mas com raiva, erguendo a cabeça de leve. As garotas, uma após a outra, começaram a dar meia-volta e se afastarem dele, até que sobrou apenas um pequeno círculo de questionadoras, visivelmente as menos "afeminadas" do grupo.

Ele parecia satisfeito no começo, achando que estava imprimindo uma boa impressão, mas, depois, ao olhar para Jeff ou para mim, aparentava estar cada vez menos exultante.

Quanto a mim, fiquei positivamente surpreso. Em casa nunca fui um cara "popular". Eu tinha amigas, boas amigas, mas elas não passavam disso. E eram do mesmo clã que eu, nada populares quando o negócio era ter uma legião de admiradores. Mas aqui, para meu espanto, percebi que o meu grupo era o maior.

É claro que preciso generalizar um pouco e sobrepor várias impressões, mas a primeira noite foi uma boa amostra da sensação que causamos nelas. As seguidoras de Jeff, se é que posso chamá-las assim, eram mais sentimentais, embora essa não seja a palavra que eu deseje usar. Eram as menos práticas, talvez, as garotas que faziam algum tipo de arte, as eticistas, as professoras, esse tipo.

O grupo de Terry ficou reduzido a um naipe combativo: mentes diretas, lógicas, inquiridoras, não exageradamente sensíveis; justamente o tipo do qual ele menos gostava.

Quanto a mim... Fiquei um pouco convencido da minha popularidade em geral.

Terry ficou furioso, e não podíamos culpá-lo.

– Garotas! – explodiu ele no fim daquela noite, quando estávamos sozinhos de novo. – Chamam aquilo de GAROTAS?

– Garotas muitíssimo agradáveis! – falou Jeff com seus olhos azuis contentes e sonhadores.

– E você as chama do quê? – perguntei, de leve.

– De meninos! A maioria delas não passa de meninos. Um grupo reservado e desagradável. Jovenzinhos perigosos e impertinentes. Nada a ver com garotas.

Ele estava bravo e austero, e acho que um bocado ciumento também. Depois de um tempo, quando descobriu do que elas não gostavam, mudou seus modos e se saiu um pouco melhor. Ele tinha que fazer isso. Apesar de suas críticas, elas eram garotas, e todas estavam lá. Sempre, exceto as nossas três! E começávamos a conhecê-las novamente.

Quando o assunto é o cortejo, que não tardou a acontecer, posso descrever melhor o meu próprio (pelo menos é o que pretendo fazer). Mas ouvi Jeff dizer alguma coisa sobre sua disposição para mergulhar com reverência e admiração no sentimento exaltado e na perfeição imensurável de sua Celis. Quanto a Terry... Bem, Terry começou errado tantas vezes e foi tão rejeitado que, quando finalmente decidiu se dedicar para conquistar Alima, estava significativamente mais esperto. Mesmo assim, a relação deles não era nenhuma calmaria. Os dois se separaram e brigaram inúmeras vezes, ele corria para buscar consolo com alguma outra beldade que não lhe oferecia nada, e voltava para Alima com crescente devoção.

Ela nunca cedeu nem um milímetro. Era uma criatura grande e bela, excepcionalmente forte até para aquela raça de mulheres robustas, com uma fronte orgulhosa e sobrancelhas arqueadas sobre os olhos escuros e indagadores como as asas abertas de um gavião em pleno voo.

Eu fiquei bem amigo das três, embora mais próximo de Ellador, muito antes de aquele sentimento mudar para nós dois.

Com ela e Somel, que já conversava muito abertamente comigo, aprendi um pouco sobre a perspectiva da Terra Delas em relação aos seus visitantes.

Elas estavam ali, isoladas, felizes e contentes, quando o *zum-zum--zum* do nosso biplano rasgou o ar acima delas.

Todas o ouviram e viram por quilômetros e quilômetros, a notícia se espalhou rápido pelo país inteiro e um conselho foi realizado em todas as cidades e em todos os vilarejos.

Tomaram uma ligeira decisão:

"São de outro país. Provavelmente homens. Obviamente bastante civilizados. Sem dúvida possuem um conhecimento muito valioso. Podem ser perigosos. Capturá-los, se possível; domá-los e treiná-los, se necessário. Pode ser nossa chance de restabelecer a condição de dois sexos para o nosso povo."

Elas não tinham medo de nós; era improvável que três milhões de mulheres muitíssimo inteligentes (ou dois milhões, se considerarmos apenas as adultas) tivessem medo de três jovens homens. Pensávamos nelas como "mulheres" e, consequentemente, tímidas, mas fazia dois mil anos desde a última vez que precisaram temer alguma coisa e, com certeza, mais de mil que tinham superado aquele sentimento.

Pensávamos (ou pelo menos Terry pensava) que poderíamos escolher uma delas. Elas pensaram (com muita cautela e clarividência) em nos escolher, se isso parecesse inteligente.

Elas nos estudaram, analisaram e prepararam relatórios durante todo o período do nosso treinamento, e essas informações foram amplamente disseminadas por todo o país.

Todas as garotas daquele lugar estudaram por meses tudo o que era aprendido sobre nosso país, nossa cultura, nossas personalidades individuais. Não era de estranhar que suas perguntas fossem difíceis de responder. Mas sinto dizer que, quando finalmente fomos levados para fora e... exibidos (odeio chamar assim, mas é o que era mesmo), não houve pressa por parte das pretendentes. O coitado do velho Terry imaginava que finalmente estávamos livres para perambular por um "jardim florido de garotas" *et voilá*! Todas as flores tinham um olhar crítico e refinado para nos estudar.

Elas estavam interessadas, profundamente interessadas, mas não era o tipo de interesse pelo qual esperávamos.

Para ter uma noção da atitude delas, é preciso ter em mente sua noção de solidariedade extremamente elevada. Elas não estavam escolhendo um amante, elas não tinham a menor ideia do que é o amor, quero dizer, o amor sexual. Aquelas garotas, para as quais a maternagem era uma estrela-guia, que exaltavam a maternagem para além de uma tarefa pessoal e a consideravam o maior serviço social possível, o sacramento de uma vida, agora eram confrontadas com a oportunidade de dar um grande passo e mudar toda a sua condição, retomando sua antiga natureza formada por dois sexos.

Além dessa consideração subjacente, havia um interesse e uma curiosidade sem limites sobre a nossa civilização, puramente impessoais e saciados por mentes que nos viam como... como garotos colegiais.

Não era de admirar que nossas aulas não fizeram um sucesso e que nenhuma das nossas investidas (das de Terry, pelo menos) foi bem recebida. A princípio, o motivo do meu sucesso em comparação ao dos meus amigos ficou bem longe de me orgulhar.

– Gostamos mais de você porque você se parece mais conosco – disse-me Somel.

"Pareço mais com um bando de mulheres", pensei comigo mesmo, desgostoso. Em seguida, lembrei-me de quão distante elas estavam das "mulheres" da nossa percepção depreciativa. Ela sorriu para mim, lendo meus pensamentos.

– Sabemos muito bem que não parecemos MULHERES para vocês. É claro que, em uma raça com dois sexos, os atributos distintivos de cada um devem ser intensificados. Mas sem dúvida há bastante características que pertencem às Pessoas, não há? É a isso que me refiro ao dizer que você se parece mais conosco... mais como uma Pessoa. Nós nos sentimos confortáveis com você.

A dificuldade de Jeff era sua galantaria exacerbada. Ele idealizava as mulheres e estava sempre atrás de uma oportunidade para "protegê-las" ou "servi-las". Essas mulheres não precisavam de proteção nem de serviço. Elas viviam em abundante paz e força; nós éramos os convidados, os prisioneiros delas, totalmente dependentes.

É claro que podíamos prometer todas as vantagens possíveis, caso elas fossem ao nosso país, mas, quanto mais conhecíamos aquele lugar, menos nos vangloriávamos.

Elas achavam curiosas as joias e os mimos de Terry; passavam os objetos de mão em mão fazendo perguntas sobre o seu feitio, não sobre o seu valor, e não discutiam quem ficaria com eles, mas em qual museu deveriam colocá-los.

Quando o homem não tem nada para dar a uma mulher e depende totalmente da sua atração pessoal, seu galanteio se torna um pouco limitado.

Elas estavam levando em consideração duas coisas: a conveniência de se fazer a Grande Mudança e o nível de adaptabilidade pessoal que melhor serviria àquele propósito.

Nesse ponto, tínhamos a vantagem da nossa pequena experiência pessoal com aquelas três garotas fujonas da floresta, o que serviu para nos aproximar.

Quanto a Ellador: imagine que você chegue a um país desconhecido e o considere bastante agradável (só um pouco além do agradável comum). Depois você acaba por descobrir fartas terras cultiváveis, jardins maravilhosos, palácios repletos de tesouros raros e curiosos (incalculáveis, inesgotáveis) e ainda montanhas, como o Himalaia, e o mar.

Eu já tinha gostado dela naquele dia em que se balançou no galho na minha frente e apresentou o trio. Era nela que eu mais pensava. Depois, quando nos encontramos pela terceira vez, tratei-a como uma amiga e continuamos a nos conhecer. Enquanto a devoção exagerada de Jeff confundia Celis e postergava o dia de sua felicidade, enquanto Terry e Alima brigavam e se separavam, voltavam e se afastavam de novo, Ellador e eu nos tornamos amigos bem próximos.

Conversávamos e conversávamos. Fazíamos longas caminhadas juntos. Ela me mostrava coisas, explicava-as para mim, interpretava muito do que eu não compreendia. Por sua inteligência compassiva, passei a entender cada vez mais o espírito da população da Terra Delas, apreciando cada vez mais seu crescimento interno e sua perfeição externa.

Deixei de me sentir um estranho, um prisioneiro. Havia uma sensação de entendimento, de identidade, de propósito. Dialogávamos sobre todas as coisas. E, conforme eu viajava mais além, explorando sua preciosa e doce alma, a impressão que eu tinha daquela amizade encantadora se tornou uma base sólida para uma combinação de sentimentos elevados, abrangentes e intrincados que me deixou quase cego de tanto maravilhamento.

Como eu já disse, nunca liguei muito para as mulheres, nem elas para mim (não na concepção de Terry). Mas essa...

No começo, eu nem pensava nela "daquele jeito" que as garotas são. Não cheguei ao país com a intenção de construir um harém turco, tampouco era um adorador de mulheres como Jeff. Eu só gostava daquela garota "como amiga", como costumamos falar. Nossa amizade cresceu como uma árvore. Ela era TÃO divertida! Fazíamos de tudo juntos. Ela me ensinava jogos, e eu lhe ensinava também, e corríamos e brincávamos e nos divertíamos muito, como uma grande camaradagem.

Então, conforme adentrei ainda mais, abriram-se diante de mim o palácio, os tesouros e as cadeias montanhosas nevadas. Jamais imaginei que um ser humano como aquele pudesse existir. Tão... grandiosa. Não me refiro ao talento. Ela era silvicultora (uma das melhores), mas não me refiro a esse dom. Quando digo GRANDIOSA, refiro-me à grandiosa... à grande, em todos os sentidos. Se eu tivesse conhecido outras mulheres assim tão intimamente, eu não a consideraria tão única, mas, mesmo entre elas, Ellador era nobre. Sua mãe era uma Mãe Superiora (e mais tarde descobri que sua avó também).

Então ela me contou mais e mais coisas sobre sua bela terra, e eu lhe contei muito sobre a minha, sim, mais do que eu gostaria; e nos tornamos inseparáveis. Foi aí que esse profundo reconhecimento chegou e cresceu. Senti minha própria alma se elevar e abrir suas asas. A vida ficou maior. Parecia que eu compreendia, como nunca tinha compreendido, que eu era capaz de fazer coisas que seriam prósperas, se ela me ajudasse. Então isso veio para ambos, de repente.

Era um dia tranquilo às margens do mundo, do mundo delas. Nós dois olhávamos em direção à longínqua floresta escura ao longe, conversando sobre o céu, a terra e a vida humana, sobre meu país e outros países e do que lhes faltava e o que eu pretendia fazer por eles...

– Se você me ajudar – falei.

Ela se virou na minha direção com aquele seu olhar elevado e doce, seus olhos pousaram nos meus, suas mãos nas minhas... E, de repente, explodiu entre nós uma glória enorme, repentina, arrebatadora... além do que qualquer palavra é capaz de descrever.

Celis era uma pessoa azul, dourada e rosa; Alma era preta, branca e vermelha, uma beldade flamejante. Ellador era marrom: cabelo escuro e macio, como a penugem de uma foca, sua pele tinha um marrom-claro com saudáveis toques corados, seus olhos eram castanhos e variavam entre os tons do topázio e do veludo preto, eram garotas esplêndidas, todas elas.

Elas nos tinham visto primeiro, bem longe no lago lá embaixo, e espalhado a novidade pelo país bem antes do nosso primeiro voo exploratório. Elas assistiram ao nosso pouso, vaguearam pela floresta conosco, esconderam-se naquela árvore, e suspeito bastante que tenham dado risada de propósito.

Revezaram-se para ficar de guarda na nossa máquina encapada e, quando nossa fuga foi comunicada, seguiram-nos escondidas por um ou dois dias e apareceram depois, como já descrevi. Elas faziam uma reivindicação especial por nós, chamavam-nos de "seus homens" e, quando ficamos livres para estudar o país e as pessoas e sermos estudados por elas, sua reivindicação foi reconhecida pelas líderes sábias.

Mas eu sentia, nós três sentíamos, que as teríamos escolhido entre milhões, inevitavelmente.

E, apesar de "o amor verdadeiro não conhecer fronteiras", esse período de galanteria foi repleto das mais insuspeitas armadilhas.

Escrevendo *a posteriori* como faço agora, após várias experiências na Terra Delas e, depois, em minha terra natal, consigo entender e filosofar sobre o que, na época, era uma perplexidade contínua e, com frequência, uma tragédia temporária.

A "melhor cartada" na maioria dos cortejos é a atração sexual, claro. Então, gradualmente, se desenvolve uma camaradagem, conforme os dois permitem. Depois do casamento há o estabelecimento de uma amizade bem fundamentada que cresce lentamente nas relações mais profundas, amáveis e delicadas, sempre acesas e acaloradas pela recorrente chama do amor; ou esse processo se reverte, o amor esfria e some, a amizade não se desenvolve e a bela relação se transforma em cinzas.

Aqui foi tudo diferente. Não havia nenhum, ou praticamente nenhum, sentimento sexual para o qual apelar. Dois mil anos de desuso deixaram muito pouco do instinto; também precisamos lembrar que aquelas que o tinham manifestado eram exceções atávicas às quais a maternidade era negada justamente por isso.

Contudo, como o processo maternal se mantém, o mesmo acontece com o terreno propício à distinção sexual; e quem diria qual sentimento há muito esquecido, vago e sem nome, fora incitado em alguns desses corações maternos com a nossa chegada?

O que nos deixava mais à mercê em nossa abordagem era a ausência de qualquer tradição sexista. Não havia um padrão aceitável para o que era "masculino" e o que era "feminino".

Uma vez, Jeff pegou uma cesta de frutas de sua adorada dizendo que "Mulheres não devem carregar essas coisas", e Celis respondeu com um

"Por quê?" legitimamente sincero e surpreso. Ele não era capaz de olhar no rosto daquela jovem silvicultora maratonista e robusta e dizer "Porque as mulheres são mais fracas". Elas não são. Ninguém chama um cavalo de corrida de fraco porque ele obviamente não é um cavalo de carga.

Ele disse, com certa inépcia, que as mulheres não tinham sido feitas para trabalhos pesados.

Ela olhou em direção aos campos, onde algumas mulheres estavam trabalhando na construção de um novo conjunto de muros com grandes pedras, olhou para trás, em direção à cidade mais próxima, com suas casas construídas por mulheres, olhou para a perfeita e resistente estrada na qual caminhávamos e, em seguida, para a pequena cesta que ele tinha tirado dela.

– Não entendo – disse ela com brandura. – As mulheres do seu país são tão fracas que não conseguem carregar uma coisa como essa?

– É uma convenção – explicou ele. – Consideramos que a maternidade já seja um fardo grande o suficiente, e que os homens devem carregar todos os outros.

– Que sentimento bonito! – disse ela com os olhos azuis brilhando.

– Funciona? – perguntou Alima daquele seu jeito apurado e rápido. – Todos os homens em todos os países carregam tudo? Ou só é assim no de vocês?

– Não seja tão literal – pediu Terry, indolente. – Por que vocês não querem ser veneradas e conquistadas? Nós gostamos de fazer isso.

– Vocês não gostam que façamos isso com vocês – respondeu ela.

– É diferente – retrucou ele, incomodado.

Então ela perguntou:

– Por quê?

E ele ficou emburrado e a empurrou para mim, dizendo "Van que é o filósofo".

Ellador e eu conversávamos sobre tudo isso, então tivemos uma experiência mais tranquila quando o verdadeiro milagre aconteceu.

Também nos acertávamos melhor do que Jeff e Celis. Mas Terry não dava ouvidos à razão.

Ele estava loucamente apaixonado por Alima. Quis tomá-la à força e quase a perdeu para sempre.

Sabe, quando um homem ama uma garota que, em primeiro lugar, é jovem e inexperiente, e, em segundo lugar, foi educada tendo como pano de fundo uma tradição do homem das cavernas, intermediada por poesias e romances e cujo foco principal esteja nas esperanças e nos interesses tácitos totalmente centrados no Evento, sem nutrir nenhuma outra esperança ou interesse dignos de citação, bem, é comparativamente fácil arrebatá-la com um ataque audacioso. No passado, Terry era mestre nisso. Ele tentou fazer o mesmo aqui, e Alima ficou tão ultrajada e o repeliu tanto que se passaram semanas até ele conseguir se aproximar para tentar de novo.

Quanto mais fria era a negação dela, mais quente era a determinação dele, que não estava acostumado a recusas de verdade. Ela rejeitava sua abordagem aduladora com gargalhadas, não tínhamos presentes nem outros chamarizes para oferecer, as lamentações e reclamações sobre uma suposta crueldade só resultavam em indagações racionais. Terry demorou bastante para aprender.

Eu duvido que ela alguma vez tenha aceitado seu estranho amante tão completamente quanto Celis e Ellador. Ele a magoara e ofendera com muita frequência, havia ressalvas entre os dois.

Mas acho que Alima retinha algum vago vestígio de um sentimento antigo que tornava Terry mais adequado para ela do que para as outras; e acho que ela tinha se convencido a participar daquele experimento e odiaria renunciá-lo.

Contudo, chegou o momento em que nós três finalmente entendemos tudo e encaramos com solenidade o que, para elas, era um passo de importância imensurável, um assunto grandioso e uma enorme alegria; para nós, uma nova e estranha satisfação.

Elas não tinham nenhum costume de casamento como cerimônia. Jeff queria levá-las para o nosso país para fazer as cerimônias civil e religiosa, mas nem Celis nem as outras consentiriam.

– Não podemos esperar que elas venham conosco... Ainda – alegou Terry, solene. – Esperem um pouco, rapazes. Temos que seguir jogando o jogo delas, se possível.

Disse isso pesaroso, graças às reminiscências de seus repetidos erros.

– Mas nosso momento está chegando – acrescentou, animado. – Essas mulheres nunca foram dominadas, sabe...

E disse isso como se tivesse feito uma descoberta.

– É melhor não tentar dominar ninguém, caso queira aproveitar a sua chance – eu lhe falei com seriedade. Mas ele só riu e respondeu:

– Cada macaco no seu galho!

Não podíamos fazer nada. Era preciso que ele provasse do próprio veneno.

Se a falta de tradição com namoros nos deixara a ver navios durante o galanteio, ficamos ainda mais perdidos pela falta de tradição matrimonial.

E, de novo, preciso me referir à experiência e ao conhecimento mais profundo da cultura delas que obtive posteriormente para explicar a diferença abissal existente entre nós.

Dois mil anos de uma cultura sem homens. Antes disso, apenas tradições de haréns. Elas não tinham uma analogia exata para o que o nosso mundo chama de CASA, tampouco para nossa FAMÍLIA de tradição romana.

Elas se amavam com uma afeição praticamente universal que se transformava em excelentes e duradouras amizades e se estendia à devoção ao seu país e ao seu povo, e nossa palavra PATRIOTISMO não chegava nem perto de definir aquele conceito.

O patriotismo fervoroso é compatível com a existência de interesses nacionais negligenciados, com desonestidade, uma indiferença fria

A Terra Delas

ao sofrimento de milhões de pessoas. O patriotismo normalmente é orgulhoso, quase sempre é combativo. O patriotismo geralmente é nervosinho.

Não há outro país com o qual este possa se comparar, exceto aqueles pobres selvagens lá embaixo, com os quais elas não tinham contato.

Elas amavam seu país porque era seu berçário, seu parquinho e sua oficina: delas e de suas filhas. Sentiam orgulho dele como sentem de um laboratório, orgulho de observar o crescimento sempre constante da sua eficiência; elas o transformaram num jardim muito agradável, num pequeno paraíso prático, mas, acima de tudo, elas o valorizavam (e nesse ponto temos dificuldade em entendê-las) como um ambiente de cultivo para suas filhas.

Sem dúvida esse é o ponto-chave de sua distinção: suas filhas.

Surgido com aquelas primeiras mães, protegidas com avidez e semiadoradas por todas, até suas descendentes atuais, elas mantêm esse pensamento dominante de criar uma ótima raça através de suas filhas.

Toda a devoção renunciatória que nossas mulheres põem na própria família é colocada por aquelas mulheres no seu país e na sua raça. Toda a lealdade e a servidão que os homens esperam da esposa, elas conferem não exclusivamente a um marido, mas coletivamente umas às outras.

E o instinto materno, que conosco é tão dolorosamente intenso, tão tolhido pelas condições, tão concentrado na devoção pessoal a alguns poucos, tão amargamente magoado por mortes, doenças e esterilidade, ou até pelo mero crescimento das crianças, deixando a mãe sozinha em seu ninho vazio, para elas todos esses sentimentos jorram numa torrente forte e vasta, inquebrável ao longo das gerações, aprofundando-se e alargando-se com o passar dos anos, incluindo cada criança do país.

Com sua força e sua sabedoria reunidas, estudaram e superaram as "doenças da infância": as filhas delas não têm nenhuma.

Encararam o problema da educação e resolveram-no de um modo que suas filhas crescem tão naturalmente quanto jovens árvores, aprendendo por todos os sentidos e sendo ensinadas continuamente, mas de forma inconsciente, sem jamais perceber que estão sendo educadas.

Na realidade, elas não usam a palavra do mesmo jeito que nós. Sua ideia de educação é o treinamento especial que recebem das especialistas quando já estão meio crescidas. Nessa ocasião, as ávidas mentes jovens se debruçam nos assuntos escolhidos e aprendem com tamanha facilidade, profundidade e ânsia que jamais deixei de admirar.

Mas as bebês e as crianças pequenas nunca sentem a pressão daquela "alimentação forçada" em suas mentes, a qual chamamos de "educação". Falarei mais sobre isso adiante.

Relações: as nossas e as delas

O que estou tentando mostrar aqui é que, para aquelas mulheres, todas as relações de vida visavam a um crescimento feliz e curioso para que, posteriormente, integrassem o grupo de trabalhadoras atuantes na área que mais amavam; havia uma reverência profunda e adorável pela própria mãe (profunda demais para que falassem dela livremente) e, além disso, aquela irmandade abrangente e livre, o apoio esplêndido oferecido pelo país e as amizades.

Foi com essas mulheres que topamos trazendo as nossas noções, convicções, tradições e cultura, e tentamos fazer aflorar nelas as emoções que, para nós, pareciam apropriadas.

Não importava a (pouca) tensão sexual de fato existente entre nós, na cabeça delas, aquilo era lido nos termos de uma amizade, o único amor puramente pessoal que conheciam e o parentesco mais próximo que tinham. Era óbvio que não éramos mães, nem filhas, nem compatriotas, portanto, se elas nos amavam, tínhamos que ser amigos.

Elas achavam natural que ficássemos juntos durante aqueles dias de galanteio, assim como também era natural que nós três continuássemos próximos, do mesmo jeito que elas eram. Como ainda não tínhamos trabalho, nós as acompanhávamos em suas tarefas na floresta, o que também era natural.

Mas, quando começamos a falar sobre cada casal ter a própria "casa", elas não conseguiram entender.

– Nosso trabalho nos faz circular pelo país inteiro – explicou Celis. – Não podemos morar num único lugar o tempo todo.

– Nós estamos juntos agora – falou Alima, olhando com orgulho para a proximidade resoluta de Terry. (Isso foi em uma das fases em que eles estavam "de bem", embora agora estejam "de mal" de novo.)

– Não é a mesma coisa – insistiu ele. – O homem quer uma casa só dele, com sua esposa e sua família dentro dela.

– Dentro dela? O tempo todo? – perguntou Ellador. – Não encarceradas, não é?

– É claro que não! Mas morando ali na casa... naturalmente – foi a resposta dele.

– O que elas ficam fazendo lá... O tempo todo? – indagou Alima. – Qual é o trabalho delas?

Então Terry pacientemente explicou de novo que nossas mulheres não trabalhavam, com algumas exceções.

– Mas o que elas fazem, se não têm trabalho? – persistiu ela.

– Elas cuidam da casa e dos filhos.

– Ao mesmo tempo? – quis saber Ellador.

– Qual sim! As crianças ficam brincando e a mãe é responsável por tudo. Mas elas têm criados, é claro.

Para Terry parecia tão óbvio e natural que ele sempre ficava impaciente; mas as garotas estavam de fato ansiosas para entender.

– Quantos filhos suas mulheres têm? – Alima tinha sacado a caderneta e apertava os lábios. Terry começou a se esquivar.

– Não tem uma quantidade fixa, minha querida... – explicou. – Algumas têm mais, outras menos.

– Algumas não têm nenhum – acrescentei, malicioso.

Elas aproveitaram essa admissão e logo deduziram a regra geral de que as mulheres que tinham mais filhos, tinham também menos criados, e aquelas que tinham mais criados, pariam menos filhos.

– Certo! – triunfou Alima. – Um, dois ou nenhum filho e três ou quatro criados. Agora me diga, o que essas mulheres FAZEM?

Explicamos da melhor forma que conseguimos. Falamos sobre "deveres sociais", falsamente alegando que elas não interpretavam as palavras do mesmo jeito que nós; falamos sobre hospitalidade, entretenimento e vários "interesses". O tempo inteiro sabíamos que, para aquelas mulheres de mente aberta cuja perspectiva mental era tão coletiva, era inconcebível pensar numa vida totalmente privada.

– Realmente não conseguimos entender – concluiu Ellador. – Somos um povo pela metade. Fazemos as coisas com nosso jeito de mulher, e vocês têm o jeito do homem e o jeito dos dois sexos. Desenvolvemos um modo de vida sem dúvida limitado. Vocês devem fazer as coisas de uma forma mais ampla, mais rica e melhor. Eu gostaria de ver.

– Você verá, minha querida – sussurrei.

– Não tem nada para fumar – reclamou Terry. Ele estava no meio de uma longa briga com Alima e precisava de um sedativo. – Não tem nada para beber. Essas mulheres abençoadas não têm nenhum vício agradável. Queria conseguir ir embora daqui!

Ele desejava em vão. Estávamos sempre sob certo nível de vigilância. Quando Terry fugia para perambular pelas ruas à noite, sempre encontrava uma "coronel" aqui e ali; e, em uma ocorrência de profundo desespero, embora temporário, ele pulou na beira da falésia com uma vontade vaga de escapar e descobriu que muitas delas estavam por perto. Éramos livres, mas havia um limite.

– Elas também não têm vícios desagradáveis – Jeff o fez recordar.

– Eu gostaria que tivessem! – insistiu Terry. – Elas não têm os vícios do homem, tampouco as virtudes da mulher. São muito neutras!

– Você sabe que não é assim. Não fale bobagens – adverti com seriedade.

Eu estava pensando nos olhos de Ellador quando ela me lançou um olhar sem perceber.

Jeff ficou igualmente exasperado.

– Não sei de quais virtudes femininas você sente falta. Parece-me que elas têm todas.

– Elas não têm modéstia – atacou Terry. – Nem paciência, nem submissão, nenhuma dessas coisas naturais que são o maior charme da mulher.

Balancei a cabeça com pena.

– Vá se desculpar e fazer as pazes, Terry. Você está rabugento, é isso. Essas mulheres têm a virtude da humanidade e são as pessoas com menos defeitos de todos os povos que já conheci. Quanto à paciência... Elas poderiam ter nos jogado no desfiladeiro no primeiro dia que chegamos se não tivessem paciência.

– Não há distrações – reclamou ele. – Nenhum lugar aonde o homem possa ir para relaxar um pouco. Aqui é um eterno berçário e uma sala de estar sem fim.

– E uma oficina – acrescentei. – E uma escola, um escritório, um laboratório, um estúdio, um teatro, uma... uma casa.

– CASA! – desdenhou ele. – Não tem nada de casa neste lugar patético.

– É a única coisa que tem aqui, e você sabe muito bem disso – retorquiu Jeff com furor. – Nunca vi, nunca sonhei com uma paz, uma força de vontade e uma afeição recíproca tão plenas.

– Ó, bem, pode ser mesmo, se você gosta de um perpétuo domingo escolar, é tudo realmente ótimo. Mas eu gosto de fazer alguma coisa. Aqui já está tudo feito.

Havia um ponto na crítica dele. Os anos de pioneirismo já haviam se passado fazia muito tempo por ali. Era uma civilização cujas dificuldades iniciais tinham sido superadas havia séculos. A paz imperturbável, a abundância desmedida, a saúde constante, a enorme boa vontade e o gerenciamento tranquilo que organizava tudo não deixavam nada a ser superado. Era como uma família harmoniosa morando numa propriedade rural bem estabelecida e perfeitamente administrada.

Eu gostava por causa do meu interesse curioso e contínuo pelas conquistas sociológicas envolvidas. Jeff gostava como teria gostado de qualquer família e qualquer lugar semelhantes.

Terry não gostava porque não tinha nada para se opor, com o que brigar, para conquistar.

– A vida é uma luta, tem que ser – insistia ele. – Se não há luta, não há vida. E ponto-final.

– Você está falando bobagem... Bobagem masculina – respondeu o pacífico Jeff. Ele certamente era um fervoroso defensor da Terra Delas. – As formigas não erguem seus impérios com lutas, erguem? Nem as abelhas!

– Ó, lá vem você de volta com esses insetos... Isso se você quiser morar num formigueiro! Mas podem acreditar, só alcançamos os níveis mais elevados de vida pelo esforço e pelo combate. Não tem drama aqui. Vocês viram as peças que elas têm! Aquilo me deixa enjoado.

Nesse ponto, ele tinha razão. O teatro do país era um pouco sem graça para o nosso gosto. Elas não tinham a temática do sexo, sabe, tampouco do ciúme. Não interagiam com nações guerreiras, nem tinham as ambições da aristocracia e, consequentemente, a oposição entre riqueza e pobreza.

Percebo que falei pouco sobre a economia do lugar; deveria ter falado sobre isso antes, mas agora continuarei contando sobre o teatro.

Elas desenvolveram o próprio tipo. Havia uma impressionante quantidade de cerimônias pomposas, procissões, uma espécie de grande ritual que mesclava as artes e a religião. As bebês mais novinhas participavam também. Assistir a seus enormes festivais anuais, que reuniam com grandeza aquelas excelentes mães em marcha, as moças jovens, corajosas, nobres, belas e fortes e as crianças, que participavam com tanta naturalidade quanto as nossas correm animadas em torno de uma árvore de Natal... A sensação de uma vida triunfante e feliz era simplesmente esmagadora.

Aquelas manifestações se iniciaram quando teatro, dança, música, religião e educação eram disciplinas muito próximas e, em vez de desenvolver cada uma delas isoladamente, elas mantiveram a conexão. De novo tentarei apresentar um breve panorama da diferença de perspectiva de vida (o contexto e a base nos quais a cultura delas se sustentava).

Ellador me ensinou bastante coisa a esse respeito. Ela me levou para ver as crianças pequenas, as meninas um pouco mais velhas e as professoras especiais. Trouxe livros para eu ler. Parecia que ela sempre sabia exatamente o que eu queria entender e como podia me dar a informação requerida.

Enquanto Terry e Alima soltavam faíscas e se separavam, ele cada vez mais enlouquecido por ela e ela por ele (a moça tinha que sentir o mesmo, senão não aceitaria aquele seu comportamento), Ellador e eu já sentíamos algo profundo e tranquilo, como se sempre tivéssemos estado juntos. Jeff e Celis eram felizes, sem dúvida, mas não me parecia que eles se divertiam tanto quanto nós.

Bem, é assim que as filhas da Terra Delas encaram a vida, como Ellador tentou me mostrar. Desde sua mais tenra memória, elas sabem o que é paz, beleza, organização, segurança, amor, sabedoria, justiça, paciência e abundância. Por abundância, quero dizer que as bebês crescem num ambiente que atende às suas necessidades, como filhotes de cervos nascidos em clareiras de florestas orvalhadas e prados cheios de riachos. E elas apreciam isso com a mesma sinceridade e profundidade dos cervos.

A Terra Delas

Encontram-se num mundo amplo, radiante e amável, repleto de coisas interessantes e encantadoras para aprender e fazer. As pessoas são amigáveis e educadas em todos os lugares. Nenhuma filha da Terra Delas tem contato com aquela rudeza reprovável que mostramos às crianças com tanta frequência. Elas são Pessoas desde o início; a parte mais preciosa da nação.

Cada etapa da enriquecedora experiência de viver traz o objeto de estudo em profunda conexão com uma infinidade de interesses em comum. As coisas que aprendem se RELACIONAM desde o início, tanto entre si quanto com a prosperidade nacional.

– Tornei-me silvicultora por causa de uma borboleta – contou Ellador. – Eu tinha cerca de 11 anos e achei uma grande borboleta roxa e verde em uma flor no solo. Peguei-a com bastante cuidado pelas asas fechadas, como tinham me ensinado, e a levei para a professora de insetos mais próxima – (fiz uma anotação para perguntar que raios era uma professora de insetos) – para saber qual era seu nome. Ela pegou a borboleta dando uma pequena exclamação de prazer.

"Ó, sua menina abençoada!", a professora falou. "Você gosta de supracastanhas?"

– É claro que eu gostava de supracastanhas, e disse isso a ela. É nossa melhor castanha, sabe.

"Esta é uma fêmea da lagarta da supracastanha", ela me explicou. "Elas estão quase extintas. Estamos tentando exterminá-las há séculos. Se você não a tivesse capturado, ela poderia ter botado muitos ovos, que gerariam muitas lagartas que poderiam destruir milhares das nossas castanheiras (milhares de alqueires de castanhas), e isso nos causaria problemas por muitos anos."

– Todo mundo me parabenizou. Disseram a todas as crianças do país para procurar por aquela borboleta, caso ainda existisse alguma. Contaram-me a história daquela criatura, o dano que ela costumava causar e há quanto tempo nossas mães antepassadas se esforçavam para salvar aquela árvore para nós. Senti como se tivesse crescido alguns centímetros e, naquele instante, decidi que me tornaria uma silvicultora.

Este é só um exemplo, ela me mostrou vários outros. A grande diferença é que, enquanto nossas crianças crescem em lares e famílias particulares que se esforçam para protegê-las ao máximo, isolando-as do mundo perigoso, aqui elas crescem num mundo amplo e gentil, e acreditam desde sempre que aquele lugar é delas.

A literatura infantil dali é uma coisa maravilhosa. Eu poderia passar anos acompanhando as sutilezas delicadas, a simplicidade suave adotada para transformar aquela grande arte a favor da mente das crianças.

Nós temos dois ciclos de vida: o do homem e o da mulher. Para o homem há crescimento, luta, conquista, a formação de uma família e o tanto de sucesso que ele for capaz de obter com seus lucros ou suas ambições.

Para a mulher há crescimento, garantir um marido, atividades subordinadas à vida familiar e, depois disso, os interesses "sociais" ou beneficentes que sua posição permitir.

Aqui há apenas um único e amplo ciclo.

A criança adentra num amplo campo aberto da vida, no qual a maternagem é a grande contribuição pessoal para a vida nacional; todo o resto é compartilhado em atividades conjuntas. Todas as meninas com as quais conversei, e que já tinham passado da primeira infância, revelaram uma determinação animada quando eram questionadas sobre o que queriam ser quando crescer.

Quando Terry disse que elas não tinham modéstia, ele se referia a essa ampla visão de vida sem lugares obscuros, elas contavam com um alto nível de decoro pessoal, mas não sentiam vergonha, pois não tinham do que se envergonhar.

Mesmo suas falhas e malcriações infantis nunca eram consideradas um pecado, apenas erros e jogadas erradas, como acontece num jogo. Algumas, visivelmente menos simpáticas do que as outras ou que demonstravam certa fraqueza ou falha real, eram tratadas com uma consideração positiva, como uma dupla complacente de uíste trataria um jogador ruim.

A religião delas era maternal, sabe; e sua ética, baseada na ampla percepção da evolução, revelava o princípio do crescimento e a beleza daquela cultura sábia. Elas não tinham teorias sobre a oposição essencial entre bem e mal; para elas, a vida era crescimento, seu prazer e seu dever se relacionavam a ele.

Com esse pano de fundo, com seu amor materno sublimado, demonstrado nos termos da mais ampla atividade social, cada fase do trabalho delas foi modificada pensando no efeito que teria no crescimento da nação. O próprio idioma tinha sido deliberadamente edificado, simplificado, transformado em algo fácil e belo pelo bem das crianças.

Tudo isso nos parecia inacreditável: primeiro, que qualquer nação tivesse a prudência, a força e a persistência para planejar e cumprir tal tarefa; e, segundo, que as mulheres tivessem tanta iniciativa. Com o tempo, passamos a pressupor que as mulheres não tinham essa característica, que apenas os homens, com sua energia natural e impaciência com restrições, eram capazes de inventar alguma coisa.

Aqui descobrimos que a pressão da vida sobre o ambiente desenvolve reações inventivas na mente humana, independentemente do sexo. Ademais, descobrimos também que uma maternagem totalmente aflorada planeja e trabalha sem limites pelo bem das suas filhas.

Que as crianças podem nascer da forma mais nobre possível, e ser criadas em um ambiente calculado para permitir o crescimento mais rico e livre possível. Foi por isso que elas deliberadamente remodelaram e melhoraram o país inteiro.

Não estou querendo dizer que elas pararam por aí, assim como uma criança não para na infância. A parte mais impressionante de toda aquela cultura, além desse sistema perfeito de criação das suas filhas, era a gama de interesses e associações à sua disposição durante a vida inteira. Mas, no campo da literatura, eu fiquei realmente fascinado pela temática infantil.

Elas usavam a mesma gradação de versos e histórias simples e repetitivas que conhecemos, os contos eram muito belos e fantasiosos, mas, enquanto os nossos são remanescentes dos mitos de povos antigos e canções de ninar primitivas, os delas eram o resultado do excelente trabalho de ótimas artistas, não apenas simples e certeiros ao apelar para as mentes infantis, mas VERDADEIROS, correspondendo ao mundo no qual viviam e que as cercava.

Passar um dia em um dos berçários é uma experiência que muda para sempre nossa ideia de primeira infância. As mais novas, bebês gorduchas e rosadas nos braços das mães ou dormindo delicadamente no ar doce perfumado pelas flores, pareciam bastante normais, exceto pelo fato de nunca chorarem. Nunca ouvi um choro de criança na Terra Delas, tirando uma ou duas vezes após alguma queda grave, ocasião em que as adultas corriam para ajudar, como faríamos ao ouvir o grito de agonia de um adulto.

Todas as mães tinham seu ano de glória, um momento para amar e aprender vivendo bem perto da sua filha, amamentando-a com orgulho, o que frequentemente acontecia por dois anos ou mais. Talvez aquele incrível vigor delas tenha uma das suas razões nesse fato.

Mas, depois do ano da bebê, a mãe deixava de ficar por perto com tanta constância, a menos que seu trabalho fosse mesmo com as pequenas. Apesar disso, nunca se afastava muito, e era lindo ver sua relação com as comadres, cujo serviço orgulhoso era justamente ficar com as crianças o tempo todo.

Quanto às bebês, ver um grupo daquelas criaturas adoráveis brincando nuas na grama aveludada e limpa, em carpetes macios ou em piscinas rasas de água cristalina, rolando e dando aquelas gargalhadas animadas, passava uma noção de felicidade infantil com a qual eu jamais sonhara.

A Terra Delas

As bebês eram criadas na região mais quente do país e, aos poucos, aclimatadas às alturas mais frias conforme cresciam.

Crianças corpulentas de 10, 12 anos brincam na neve com tanta animação quanto as nossas; elas estão sempre fazendo excursões de uma região à outra, de forma que o país inteiro pudesse ser considerado o lar de todas as crianças.

Aquilo tudo era delas, à espera de que aprendessem, amassem, usassem e servissem. Assim como nossos meninos planejam ser um ótimo soldado, um caubói ou qualquer coisa que imaginem, e nossas meninas planejam o tipo de casa ou quantos filhos querem ter, elas planejam com diversão e alegria, e muita conversa animada, o que farão pelo país quando crescerem.

Foi a alegria ávida das crianças e das jovens que primeiro me fez perceber quão ridículo era aquele nosso conceito geral de que as pessoas não aproveitariam uma vida tranquila e feliz.

Quando estudei aquelas adolescentes vigorosas, alegres e ambiciosas e seu apetite voraz pela vida, meus conceitos foram abalados tão profundamente que nunca mais se restabeleceram. Sua constante boa saúde lhes conferia aquele estímulo natural que, ironicamente, costumávamos chamar de "instinto animal". Elas estavam num ambiente que logo de cara se mostrava favorável e interessante, diante delas estendiam-se anos de aprendizados e descobertas, o fascinante e infinito processo educativo.

Conforme eu me deparava com esses métodos e os comparava aos nossos, a estranha e desconfortável sensação de humilhação pela minha raça aumentou bastante rápido.

Ellador não entendia meu espanto. Ela explicava as coisas com doçura e gentileza, mas um pouco pasma por precisar esclarecer aquilo e fazendo perguntas repentinas sobre como nós fazíamos, o que me deixava mais resignado do que nunca.

Por isso, fui visitar Somel um dia, tendo o cuidado de não levar Ellador comigo. Eu não me importava em parecer tolo para Somel, ela já estava acostumada.

– Gostaria de pedir uma explicação – solicitei a ela. – Você já conhece a minha estupidez de cor, e não quero mostrá-la a Ellador. Ela me acha tão sábio!

Ela sorriu, encantada.

– É lindo de ver esse novo e maravilhoso amor entre vocês – disse-me ela. – O país inteiro está interessado, sabe. Ó, não podemos evitar!

Eu não tinha pensado nisso. Dizemos que "todo mundo ama um amante", mas ter alguns milhões de pessoas observando o cortejo de alguém (e um cortejo difícil como aquele) era um pouco embaraçoso.

– Conte-me a teoria de vocês sobre educação – pedi. – De forma breve e simples. E, para mostrar o que me intriga, quero lhe dizer que, na nossa teoria, a mente das crianças é submetida a árduos esforços e grande estresse, pois pensamos que faz bem superar obstáculos.

– É claro que faz – concordou ela de forma inesperada. – Todas as nossas filhas passam por isso. Elas adoram.

Fiquei intrigado de novo. Se elas adoram, como aquilo podia ser educativo?

– Nossa teoria é a seguinte – prosseguiu ela com atenção. – Temos um ser humano jovem. A mente é algo tão natural quanto o corpo, algo que cresce e que deve ser usado e aproveitado. Buscamos nutrir, estimular e exercitar a mente das crianças, da mesma forma que fazemos com o corpo. A educação é dividida em duas áreas principais (é claro que vocês também fazem assim, não é?): as coisas que precisam ser sabidas e as coisas que precisam ser feitas.

– Feitas? Você se refere a exercícios mentais?

– Isso. Em geral, pensamos assim: ao alimentar a mente e fornecer informações, fazemos o melhor possível para atender ao apetite natural de um cérebro jovem e saudável, não o empanturrando, mas oferecendo a quantidade e a variedade de experiências que parecem mais receptivas a cada criança. Essa é a parte mais fácil. A outra é elaborar uma série de exercícios graduais que desenvolvam melhor cada mente, as faculdades comuns que todas nós temos e, com mais cuidado, as faculdades especiais que algumas têm. Vocês também fazem assim, não fazem?

– De certo modo... – respondi um pouco insatisfeito. – Não temos um sistema tão sutil e altamente desenvolvido como o seu, nem perto disso. Mas conte-me mais. Quanto às informações, como vocês conseguem? Parece que todas vocês sabem bastante sobre tudo. É isso mesmo?

Ela riu, negando com a cabeça.

– De jeito nenhum. Nosso conhecimento é extremamente limitado, como vocês logo perceberam. Gostaria que você soubesse o fermento que trouxeram para o país com as coisas novas que nos contaram, o desejo apaixonado que centenas de nós temos para ir ao seu país e aprender... Aprender... E aprender! Mas o que sabemos é prontamente dividido em conhecimentos gerais e conhecimentos especiais. Há muito tempo aprendemos a alimentar a cabeça das nossas pequenas sem perder tempo nem vigor com os conhecimentos gerais; os conhecimentos especiais estão abertos a todas, basta querer. Algumas se especializam em uma única linha. Mas a maioria segue por várias, sendo umas delas voltadas ao trabalho regular, outras para continuarmos nos desenvolvendo.

– Continuar se desenvolvendo?

– É. Quando uma pessoa se limita demais a um único tipo de trabalho, tende a atrofiar as partes subutilizadas do cérebro. Gostamos de estar sempre aprendendo.

– O que vocês estudam?

– Aquilo que sabemos sobre as ciências diversas. Dentro dos nossos limites temos um bom conhecimento de anatomia, fisiologia, nutrição, tudo o que pertence a uma vida pessoal plena e bela. Temos nossa botânica, nossa química, e por aí vai (bastante rudimentares, mas interessantes), e nossa própria história com sua psicologia acumulada.

– Vocês vinculam psicologia à história, não à vida pessoal?

– É claro. Ela é nossa, está entre nós e muda com a sucessão e a evolução das gerações. Estamos trabalhando, de forma lenta e cuidadosa, para desenvolver as pessoas ao longo das linhagens. É um trabalho magnífico (esplêndido!) ver milhares de bebês melhorando, exibindo mentes mais fortes e notáveis, disposições mais agradáveis, capacidades elevadas... Vocês não percebem isso no seu país também?

Evitei falar sobre o assunto. Lembrei-me da triste afirmação de que a mente humana não estava mais evoluída do que era em seu período selvagem mais remoto, só mais bem informada: uma afirmação na qual jamais acreditei.

– Nós enfocamos com mais seriedade em duas forças – continuou Somel. – As duas que parecem fundamentais para toda a vida digna: o juízo justo e abrangente e o desejo forte e bem utilizado. Nos esforçamos ao máximo, durante toda a infância e a juventude, para desenvolver essas faculdades: o juízo e o desejo individuais.

– Você está querendo dizer que isso faz parte do seu sistema educacional?

– Exatamente. É a parte mais importante. Você deve ter notado que primeiro oferecemos às bebês um ambiente que nutra a mente sem cansá-la, ofertando várias coisas simples e interessantes para fazer, conforme crescem; é claro que as propriedades físicas vêm em primeiro lugar. Mas o mais cedo possível e com muito cuidado para não sobrecarregar a mente, começamos a oferecer escolhas simples com causas e consequências bastante óbvias. Você chegou a ver os jogos?

Eu tinha visto. Parecia que as crianças estavam sempre jogando alguma coisa ou, às vezes, estavam sossegadas, envolvidas em pesquisas por conta própria. A princípio, eu me perguntei quando iam para a escola, mas logo descobri que isso nunca acontecia; não que elas soubessem. Tudo aquilo era educação, mas sem escolarização.

– Desenvolvemos jogos cada vez melhores para as crianças há cerca de seiscentos anos – continuou Somel.
Fiquei perplexo.
– Vocês desenvolvem jogos? – indaguei. – Você quer dizer que vocês criam jogos novos?
– Exatamente – respondeu ela. – Vocês não fazem isso?
Então me lembrei do jardim de infância, do "material" elaborado pela *Signora* Montessori, e respondi com resguardo:
– Em certa medida... Mas quase todos os nossos jogos são muito velhos e passam de criança para criança de geração em geração, vindos de um passado remoto.
– E qual é o efeito deles? – questionou ela. – Desenvolvem as habilidades que vocês gostariam de estimular?
Lembrei-me novamente das afirmações feitas pelos defensores das "atividades recreativas" e, de novo, respondi com ressalvas que aquela era a teoria, pelo menos em parte.
– Mas as crianças GOSTAM? – perguntei. – Elas gostam de ter as coisas feitas e dispostas para elas desse jeito? Elas não querem as brincadeiras antigas?
– Você está vendo as crianças – foi a resposta. – As suas são mais satisfeitas, mais interessadas e mais felizes que as nossas?
Então, pela primeira vez, pensei nas crianças entediadas e chorosas que eu via, perguntando: "O que posso fazer agora?". Pensei nos pequenos grupos e nas gangues que andavam por aí, na valorização que dávamos a alguém com temperamento forte que tinha a iniciativa de "começar alguma coisa", nas festas infantis e nos deveres onerosos dos quais as pessoas mais velhas se valiam para "agradar às crianças", além daquele oceano conturbado de atividades mal direcionadas que chamamos de "travessuras", nas coisas bestas, destrutivas, por vezes até maldosas feitas por crianças desocupadas.
– Não... – falei, taciturno. – Acho que não são, não.

As filhas da Terra Delas nasciam não apenas em um mundo cuidadosamente preparado, cheio de materiais e oportunidades fascinantes com as quais aprender, mas em uma sociedade repleta de professoras, nascidas e treinadas, cuja função era acompanhar as crianças nessa coisa impossível para nós: a estrada real do aprendizado.

Seu método não tinha mistério. Adaptar coisas para as crianças era, no mínimo, compreensível para os adultos. Fiquei vários dias com as pequenas, às vezes com Ellador, outra sem, e comecei a sentir uma dó terrível da minha própria infância e de todas as outras pessoas que já conheci.

As casas e os jardins planejados para as bebês não tinham nada que pudesse machucá-las (nada de escadas, quinas, objetos pequenos que poderiam ser engolidos, fogo), era o paraíso das bebês. O mais rapidamente possível, elas aprendiam a usar e controlar o próprio corpo, e eu nunca tinha visto coisinhas de pés tão seguros, mãos tão firmes e cabeças tão leves. Era uma graça assistir a várias nenéns aprenderem a andar, não apenas no nível do solo, mas, um pouco mais tarde, em uma espécie de trilha de borracha erguida poucos centímetros acima da grama macia ou de tapetes pesados, caindo com gritinhos de uma alegria infantil e correndo para o fim da fila para tentar de novo. Certamente já percebemos que as crianças adoram subir nas coisas e andar por elas! Mas nunca tínhamos pensado em oferecer aos pequenos aquela forma de diversão e educação física simples e inesgotável.

É claro que elas tinham água também, e sabiam nadar até antes de andar. Se, a princípio, eu temia os efeitos de um sistema de cultivo intenso demais, esse medo se dissipou ao ver os longos dias ensolarados de pura alegria física e sono natural nos quais aquelas bebês divinas passavam seus primeiros anos. Elas jamais souberam que estavam sendo educadas. Nem sonhavam que, na conjunção de experimentos hilários e conquistas, estavam desenvolvendo a base para aquele belo sentimento íntimo de grupo no qual cresciam com tanta firmeza com o passar dos anos. Era uma educação para a cidadania.

Suas religiões e nossos casamentos

Demorou bastante tempo para que eu, um homem, estrangeiro e uma espécie de cristão (característica tão presente em mim quanto as outras), entendesse com clareza a religião da Terra Delas.

Seu endeusamento da maternagem era obviamente o suficiente, mas ia muito além disso ou, pelo menos, além da minha primeira interpretação sobre o assunto.

Acho que foi só quando comecei a amar Ellador mais do que acreditava ser possível, quando passei a apreciar sua mentalidade e seu estado de espírito que comecei a ter alguns relances da fé delas.

Quando lhe perguntei a respeito, ela tentou me explicar e, depois, ao me perceber confuso, pediu mais informações sobre a nossa religião. Logo descobriu que tínhamos várias, bastante distintas, mas com alguns pontos em comum. Minha querida Ellador tinha uma cabeça metódica e iluminada, não apenas racional, mas rápida e perspicaz.

Ela fez uma espécie de gráfico, listando as diferentes religiões conforme eu as descrevera, espetando um alfinete ao repassar cada uma delas; sua base comum era uma Força ou várias Forças Dominantes, e alguns Comportamentos Especiais, a maioria tabus, a ser satisfeitos ou aplacados. Havia algumas características partilhadas por alguns grupos de religiões, mas a que estava sempre presente era essa Força e as coisas que tinham ou não tinham que ser feitas por causa dela. Não foi difícil rastrear nossa imagética humana da Força Divina pelos sucessivos estágios de deuses sanguinários, lascivos, orgulhosos e cruéis da Antiguidade até a concepção de um Pai de todos com seu corolário de Fraternidade Universal. Isso lhe agradou bastante, e ela ficou muito impressionada quando expliquei sobre a Onisciência, Onipotência, Onipresença e todo o resto que circunda nosso Deus, e sobre a gentileza amável ensinada pelo filho Dele.

A história do nascimento por uma Virgem obviamente não a impressionou, mas ela ficou bastante confusa com o Sacrifício, e ainda mais com o Diabo e a teoria da Danação.

Quando, distraído, falei que determinados grupos extremistas acreditavam na danação infantil (e a expliquei), ela ficou em profundo silêncio.

– Eles acreditavam que Deus era Amor, Sabedoria e Força?

– Sim, tudo isso.

Os olhos dele se arregalaram, o rosto ficou fantasmagoricamente pálido.

– E, ainda assim, um Deus desses seria capaz de colocar bebezinhos para queimar... Por toda a eternidade? – Ela começou a tremer de repente e saiu correndo para o templo mais próximo.

Até os menores vilarejos tinham seu próprio templo, retiros agradáveis nos quais mulheres sábias e nobres se ocupavam com seu próprio trabalho até serem solicitadas, sempre disponíveis a oferecer conforto, luz ou ajuda para quem precisasse.

Depois Ellador me contou quão facilmente seu pesar foi aplacado e pareceu envergonhada por não ter conseguido resolver aquilo sozinha.

– Não estamos acostumadas a ideias horríveis, sabe – disse ela com certo tom de desculpa ao voltar. – Não temos nada disso. E, quando entramos em contato com coisas desse tipo, ó! É como jogar pimenta nos nossos olhos. Então precisei sair correndo para encontrá-la, cega e quase aos berros, e ela tirou minha aflição com tanta rapidez e facilidade!

– Como? – perguntei, bastante curioso.

– Ela disse: "Qual, menina abençoada! Você entendeu tudo errado. Não pense que já houve um Deus assim, porque não é verdade. Ou que já aconteceu algo do tipo, porque isso tampouco é real. Ou ainda que alguém já acreditou nessa ideia horrenda e falsa. Pense apenas que as pessoas profundamente ignorantes acreditam em qualquer coisa. E tenho certeza de que você já sabia disso".

– De todo modo – prosseguiu Ellador –, ela ficou pálida por um instante quando contei.

Isso foi uma lição para mim. Não é de admirar que toda aquela nação de mulheres era pacífica e se expressava com delicadeza: elas não tinham ideias horríveis.

– Certamente vocês tinham algumas lá no início – sugeri.

– Ah, sim, sem dúvida. Mas, assim que nossa religião se elevou um pouco, é claro que as deixamos para trás.

Foi assim, e por conta de várias outras coisas, que passei a entender o que finalmente coloquei em palavras.

– Vocês não têm respeito pelo passado? Pelo que suas mães antepassadas pensavam e acreditavam?

– Qual, não – respondeu ela. – Por que deveríamos? Todas elas já se foram. E sabiam menos que nós. Se não estamos além delas, não as merecemos, tampouco merecemos as meninas que virão depois de nós.

Isso me deixou bem reflexivo. Sempre imaginei (apenas pelo que tinha ouvido falar, acredito) que as mulheres fossem conservadoras por natureza. Ainda assim, aquelas mulheres, desassistidas por qualquer ímpeto masculino de iniciativa, ignoravam seu passado e construíam o futuro com coragem.

Ellador viu que eu estava pensando. Parecia que ela sabia muito bem o que se passava pela minha cabeça.

– Acho que é porque começamos de um jeito novo. Todos os povos foram apartados de uma vez e, então, depois daquele período de desespero, veio o milagre das crianças, as primeiras. E toda a nossa esperança arquejante era pelas filhas DELAS, incertas se elas também seriam mães. E foram! Depois teve aquela fase de orgulho e triunfo até ficarmos numerosas demais e, posteriormente, quando cada uma passou a poder ter apenas uma filha, começamos a trabalhar de verdade para fazer pessoas melhores.

– Mas como isso explica essa diferença tão radical na sua religião? – insisti.

Ela disse que não podia falar sobre a diferença com muita propriedade, pois não estava familiarizada com outras religiões, mas que a delas parecia bastante simples. Para elas, a grande Alma Materna era a própria maternagem, contudo expandida para além dos limites humanos. Isso significa que sentiam ao seu redor um amor prestativo, infalível e constante (talvez elas realmente sentissem o amor materno acumulado da raça), que também era uma Força.

– Qual é a sua teoria sobre adoração? – indaguei a ela.

– Adoração? O que é isso?

Achei particularmente difícil de explicar. Aquele Amor Divino que elas sentiam com tanta força não parecia lhes pedir nada; "nada além do que nossas mães fazem", ela falou.

– Mas certamente suas mães esperam que vocês as honrem, reverenciem, obedeçam. Vocês precisam fazer coisas para suas mães, não precisam?

– Ó, não – insistiu ela sorrindo, balançando o cabelo castanho e macio. – Fazemos as coisas DAS nossas mães, não POR elas. Não temos que fazer coisas POR elas. Elas não precisam disso, sabe. Mas podemos continuar vivendo de forma esplêndida por causa delas, e é isso que sentimos ser Deus.

A Terra Delas

Refleti de novo. Pensei naquele nosso Deus das Batalhas, naquele Deus Ciumento, naquele Deus Vingativo. Pensei no nosso Inferno, o pesadelo da terra.

– Então imagino que vocês não tenham uma teoria sobre punição eterna, não é?

Ellador sorriu. Seus olhos estavam tão iluminados quanto as estrelas, e havia lágrimas neles. Ela estava sentindo muita pena de mim.

– Como poderíamos ter algo assim? – perguntou ela com sinceridade. – Não temos punições em vida, sabe, então não as imaginamos após a morte.

– Vocês não têm NENHUMA punição? Nem para crianças, nem para criminosas, mesmo aquelas que cometem crimes leves? – instiguei.

– Você castiga uma pessoa por ter quebrado uma perna ou por estar febril? Temos medidas preventivas e curas; às vezes precisamos "colocar a paciente de cama", mas não há uma punição; só faz parte do tratamento – explicou ela.

Depois de estudar meu ponto de vista com bastante atenção, ela acrescentou:

– Sabe, reconhecemos em nossa maternidade humana uma grande força gentil, ilimitada e elevada: paciência, sabedoria e toda a sutileza de métodos delicados. Creditamos a Deus (ao nosso conceito de Deus) tudo isso e um pouco mais. Nossas mães não ficam bravas conosco, portanto, por que Deus ficaria?

– Deus é uma pessoa para vocês?

Ela pensou por um instante.

– Bem... Naturalmente personificamos a ideia para tentar nos aproximarmos dela em nossas reflexões, mas com certeza não pensamos que haja uma Grande Mulher em algum lugar e ela seja Deus. O que chamamos de Deus é uma Força Imbuída, uma Alma Interior, alguma coisa que existe dentro de nós e da qual queremos mais. Seu Deus é um Grande Homem? – perguntou ela com inocência.

— Qual! Acho que é, pelo menos para a maioria de nós. É claro que também chamamos de Alma Interior, assim como vocês, mas insistimos que é um Ele, uma Pessoa, um Homem... de bigode.

— Bigode? Ó, sim! Porque vocês também têm bigodes! Ou vocês usam por causa dele?

— Pelo contrário, nós o raspamos, pois parece mais asseado e é mais confortável.

— Ele usa roupas? Quero dizer, quando vocês pensam nele.

Fiquei me lembrando das imagens de Deus que eu tinha visto: tentativas irrefletidas de mentes devotas, representando sua Divindade Onipotente como um homem velho em uma túnica esvoaçante, com cabelos e barba esvoaçantes; à luz das questões perfeitamente francas e inocentes dela, esse conceito parecia um pouco insatisfatório.

Expliquei que o Deus do mundo cristão era, na verdade, o antigo Deus hebreu, e que apenas tínhamos tomado o pensamento patriarcal... Era um conceito antigo que inevitavelmente vestia seu Deus com os atributos do mandante soberano patriarcal, do avô.

— Entendi — disse ela com curiosidade, após eu ter explicado a gênese e o desenvolvimento dos nossos conceitos religiosos. — As pessoas viviam em grupos separados e tinham um chefe masculino que, provavelmente, era um pouco... dominante?

— Sem a menor dúvida — concordei.

— E nós moramos juntas sem nenhum "chefe" nesse sentido, temos apenas nossas líderes escolhidas. Isso faz diferença MESMO.

— Sua diferença vai além disso — eu lhe garanti. — Está na sua maternagem em comum. Suas filhas crescem num mundo onde são amadas por todas. A vida delas é rica e feliz graças ao amor e à sabedoria que permeiam todas as mães. Portanto, é fácil para vocês pensarem em Deus nos termos de um amor similar, permeado e competente. Acho que vocês estão muito mais perto que nós.

– O que não consigo entender – analisou ela com cuidado – é vocês preservarem uma mentalidade tão antiquada. Essa ideia patriarcal sobre a qual você me contou tem milhares de anos, não tem?

– Ó, sim... Quatro, cinco, seis mil anos, por aí.

– E vocês fizeram progressos maravilhosos em outras áreas ao longo desses anos?

– Com certeza. Mas a religião é diferente. Nossas religiões nos precedem, sabe, e foram iniciadas por algum ótimo professor que já está morto. Imagina-se que ele sabia tudo e nos ensinou, por fim. Tudo o que precisamos fazer é acreditar... E obedecer.

– Quem foi o grande professor hebreu?

– Ó, aí é diferente... A religião hebraica é um acúmulo de tradições extremamente antigas, algumas bem mais velhas que seu povo, e foi recebendo acréscimos com o passar dos anos. Nós a consideramos inspirada na "Palavra de Deus".

– Como você sabe que é a Palavra de Deus?

– Porque é o que dizem.

– E dizem isso em quantas palavras? Quem foi que as escreveu?

Tentei me recordar de algum texto que diz isso, e não consegui lembrar de nenhum.

– Tirando isso – continuou ela –, o que não consigo entender é por que vocês mantêm esses conceitos religiosos antiquados há tanto tempo. Todos os outros conceitos mudaram, não é?

– Em geral, sim – concordei. – Mas é o que chamamos de "religião revelada", e a consideramos definitiva. Mas conte-me mais sobre esses seus pequenos templos – pedi. – E sobre essas Mães do Templo às quais vocês recorrem.

Ela me explicou minuciosamente sobre sua religião aplicada, e tentarei fazer um resumo a seguir.

Desenvolveram uma teoria central sobre uma Força de Amor, e presumiram que a relação que tal Força tinha com elas era maternal, que desejava seu bem-estar e, sobretudo, seu desenvolvimento. De modo semelhante, a relação que elas tinham com a Força era filial, uma apreciação amorosa e a satisfação por cumprir seus propósitos elevados. Em seguida, por serem muito práticas, concentraram sua atenção aguçada e ativa para descobrir o tipo de conduta que se esperava delas. Isso resultou na elaboração de um admirável sistema ético. O princípio do Amor era reconhecido, e usado, universalmente.

Paciência, gentileza, cortesia, tudo o que chamamos de "boa educação" faz parte do seu código de conduta. Mas o ponto no qual elas mais diferem de nós é a aplicação especial do sentimento religioso a todas as esferas da vida. Elas não têm rituais nem atividades menores que chamamos de serviço divino, exceto aquelas cerimônias religiosas que já mencionei, e mesmo estas eram tão educacionais quanto religiosas, e mais sociais do que qualquer coisa. Mas elas têm uma conexão nítida e bem estabelecida entre tudo o que fazem e Deus. Seu asseio, sua saúde, sua organização excepcional, a beleza rica e pacífica de todo o país, a alegria das crianças e, acima de tudo, seu progresso constante, tudo isso era sua religião.

Elas se concentraram na concepção de Deus e elaboraram a teoria de que aquela força interior demandava uma expressão exterior. Viviam como se Deus fosse real e trabalhasse dentro delas.

Quanto àqueles pequenos templos em todos os lugares... Algumas mulheres eram mais habilidosas e tinham uma índole mais propícia para isso do que outras. Assim, independentemente do seu trabalho, elas destinavam algumas horas ao Serviço no Templo, ou seja, se dispunham a ficar lá com todo o seu amor, sua sabedoria e sua sagacidade treinada para ajudar qualquer uma que precisasse sair de lugares sombrios. Às vezes era um verdadeiro pesar, muito raramente uma briga, quase sempre uma perplexidade; até na Terra Delas a alma humana tinha seus momentos de escuridão. Contudo, as melhores e mais sábias sempre estavam dispostas para ajudar no país inteiro.

A Terra Delas

Se a dificuldade fosse extraordinariamente profunda, a solicitante era encaminhada a alguém mais experiente naquela linha de pensamento.

Aqui há uma religião que oferece à mente indagadora uma base racional para a vida, o conceito de uma imensa Força de Amor trabalhando constantemente entre elas em prol do bem. Oferece à "alma" aquela sensação de contato com a força mais íntima, de percepção do propósito coletivo pelo qual estamos sempre ansiando. Oferece ao "coração" aquele sentimento abençoado de ser amado, mais que isso, de ser amado e COMPREENDIDO. Oferece diretrizes claras, simples e racionais sobre como deveremos viver, e por quê. E, quanto aos rituais, primeiro temos aquelas triunfantes manifestações em grupo que reúnem todas as artes, uma combinação revigorante de enormes multidões movendo-se ritmicamente em marchas e danças, sons e músicas, entre seus produtos mais nobres e na beleza evidente dos seus bosques e colinas. E, segundo, temos aqueles numerosos pequenos centros de sabedoria onde as menos sábias podem ir para se consultar com as mais sábias e receber ajuda.

– É lindo! – exclamei com entusiasmo. – É a religião mais prática, reconfortante e progressiva que já conheci. Vocês REALMENTE amam umas às outras, REALMENTE carregam o fardo umas das outras e REALMENTE percebem que uma criança é uma espécie de reino dos céus. Vocês são mais cristãs do que qualquer outro povo que já vi. Mas e a morte? E a vida perpétua? O que a sua religião ensina sobre a eternidade?

– Nada – respondeu Ellador. – O que é eternidade?

De fato, o que é? Pela primeira vez na minha vida, tentei ter uma percepção real daquela ideia.

– Eternidade é... não parar nunca.

– Não parar nunca? – Ela parecia confusa.

– Sim. É a vida continuando para sempre.

– Ah... Nós percebemos isso, é claro. A vida continua para sempre o tempo todo ao nosso redor.

– Mas a vida eterna continua SEM A MORTE.

– A mesma pessoa?

– Isso, a mesma pessoa, sem fim, imortal.

Fiquei satisfeito ao perceber que poderia ensinar alguma coisa sobre a nossa religião, algo que a delas jamais promulgou.

– Aqui? – perguntou Ellador. – Nunca morrer... aqui?

Eu conseguia ver sua mente prática amontoando as pessoas e me apressei para acalmá-la.

– Ó, não, não aqui de fato. Mas depois daqui. Nós vamos morrer aqui, é claro, e depois "entramos na vida eterna". A alma vive para sempre.

– Como você sabe? – ela quis saber.

– Não tentarei provar isso para você – continuei com pressa. – Vamos supor que seja assim. O que você acha dessa ideia?

Ela sorriu para mim de novo, aquele seu sorriso adorável, gentil, provocativo e maternal que revelava suas covinhas.

– Posso ser bem sincera?

– Você nem consegue não ser – respondi, um pouco satisfeito e um pouco pesaroso. A honestidade transparente daquelas mulheres nunca deixava de me surpreender.

– Para mim, parece uma ideia particularmente tola – disse ela com calma. – E, se for verdade, bastante desagradável.

Eu sempre tinha aceitado a doutrina da imortalidade pessoal como um fato estabelecido. As tentativas de consulta a espiritualistas, sempre buscando chamar de volta os fantasmas de seus entes queridos, nunca me pareceram necessárias. Não digo que alguma vez já tivesse debatido sobre o assunto comigo mesmo com seriedade e coragem, apenas pressupunha que aquilo era um fato. E lá estava a garota que eu amava, essa criatura cujo caráter tão constantemente revelava novas alturas e se estendia muito além do meu, essa supermulher em um superpaís dizendo que considerava a imortalidade uma tolice! E ela realmente achava isso.

– Para que você QUER isso? – quis saber ela.

– Como você pode NÃO querer? – protestei. – Quer apagar como uma vela? Não quer continuar seguindo em frente, crescendo e... E... E sendo feliz para sempre?

– Para quê? Eu não! – respondeu ela. – Nem um pouco. Quero que minha filha e a filha da minha filha continuem, e elas continuarão. Por que EU deveria querer isso?

– Mas é o Paraíso! – insisti. – Paz, beleza, conforto e amor... com Deus! – Eu nunca tinha sido tão eloquente quando o assunto era religião. Ela poderia ficar horrorizada com a Danação, questionar a justiça da Salvação, mas a imortalidade... aquela certamente era uma fé nobre.

– Ora, Van – disse ela, estendendo as mãos em minha direção. – Ora, Van, meu querido! Que esplêndido vê-lo sentir com tanta força! É óbvio que é justamente isso que todas nós queremos: paz, beleza, conforto e amor com Deus! E progresso também, lembre-se; e crescimento, sempre e sempre. É isso que nossa religião nos ensina a querer e a buscar, e é isso que fazemos!

– Mas AQUI – falei. – Apenas para esta vida na Terra.

– E daí? Vocês no seu país, com aquela bela religião de amor e prestatividade, não fazem isso aqui também? Para esta vida? Na Terra?

Nenhum de nós queria contar às mulheres da Terra Delas sobre os males da nossa amada terra natal. Estávamos muito satisfeitos em presumir que tais males eram necessários e essenciais, e entre nós criticávamos aquela civilização perfeitinha delas. Contudo, quando chegava a hora de lhes revelar nossas próprias falhas e impurezas, nunca conseguíamos fazê-lo.

Além do mais, tentávamos evitar muitas discussões e queríamos insistir no assunto dos nossos casamentos, que estavam se aproximando. Jeff era o mais determinado nessa questão.

– É claro que elas não têm nenhum tipo de cerimônia matrimonial, mas vamos fazer uma espécie de casamento quacre no templo. É o mínimo que podemos fazer por elas.

Era mesmo. Afinal de contas, havia muito pouco que podíamos fazer por elas. Estávamos ali, estranhos convidados sem um tostão, sem sequer ter a oportunidade de usar nossa força e nossa coragem, não havia nada de que pudéssemos protegê-las ou defendê-las.

– Pelo menos podemos dar nossos nomes a elas – insistiu Jeff.

Elas foram bastante adoráveis sobre o assunto, dispostas a fazer o que quer que pedíssemos para nos agradar. Quanto aos nomes, Alima, com sua alma sincera, perguntou que bem aquilo faria.

Terry, sempre a irritando, disse que era um símbolo de posse.

– Você será a Senhora Nicholson – falou ele. – Senhora T.O. Nicholson. Isso mostra a todos que você é minha esposa.

– E o que é uma "esposa", exatamente? – demandou ela com um brilho perigoso nos olhos.

– Esposa é a mulher que pertence a um homem – começou ele.

Mas Jeff assumiu às pressas:

– E marido é o homem que pertence a uma mulher. É porque somos monogâmicos, sabe. E o casamento é a cerimônia civil e religiosa que une as duas pessoas "até que a morte as separe" – concluiu ele, olhando para Celis com extrema devoção.

– Estamos nos sentindo mal – eu expliquei a elas – porque não temos nada para dar a vocês, exceto, é claro, nossos nomes.

– Suas mulheres não têm nomes antes de se casar? – inquiriu Celis de repente.

– Ora, é claro que têm – explicou Jeff. – Elas têm o nome de solteira, que é o nome do pai delas.

– E o que acontece com esse nome? – quis saber Alima.

– Elas o trocam pelo do marido, minha querida – respondeu Terry.

– Trocam? Então o marido pega o "nome de solteira" da esposa?

– Ó, não – gargalhou ele. – O homem fica com o dele e o dá a ela.

– Então ela só perde o próprio nome e recebe um novo... Que desagradável! Nós não faremos isso! – concluiu Alima, decidida.

A Terra Delas

Terry levou aquilo na brincadeira.

– Não me importa o que vocês vão fazer ou não, contanto que nos casemos logo – falou ele, estendendo a mão forte e bronzeada em direção à de Alima, quase tão bronzeada e forte quanto a dele.

– Quanto a nos dar coisas, é claro que notamos que vocês gostariam de poder fazer isso, mas ficamos felizes por não poderem – continuou Celis. – Nós os amamos por quem vocês são, sabe. Não gostaríamos que vocês... Que vocês pagassem alguma coisa. Não basta saber que os amamos individualmente, pelos homens que vocês são?

Bastando ou não, foi assim que nos casamos. Tivemos um grande casamento triplo no maior templo de todos, e pareceu que quase toda a nação estava presente. Foi tudo muito solene e bonito. Compuseram uma música nova para a ocasião, nobre e bela, sobre a Nova Esperança para seu povo, o Novo Vínculo com outros países, a Fraternidade, a Irmandade e, com evidente maravilhamento, a Paternagem.

Terry sempre se incomodou com a conversa delas sobre paternagem.

– Sinto como se fôssemos os Sumos Sacerdotes da... Da Filoprogenitividade! – protestava ele. – Parece que essas mulheres SÓ pensam nas filhas! Vamos ensinar uma coisa a elas!

Ele estava tão certo sobre o que iria ensinar, e Alima tão incerta em seus modos de receber aqueles ensinamentos, que Jeff e eu temíamos o pior. Tentamos alertá-lo, mas não adiantou muito. O grande e belo camarada se esticou ao máximo, estufou aquele peito largo e gargalhou.

– Há três casamentos distintos – disse ele. – Eu não vou interferir no de vocês, nem vocês no meu.

Então chegou o grande dia, e uma multidão incontável de mulheres. Éramos três noivos sem nenhum "padrinho" ou qualquer outro homem para nos dar suporte, e sentimo-nos estranhamente pequenos ao avançarmos.

Somel, Zava e Moadine estavam por perto; ficamos gratos por tê-las ali, já que eram quase nossas parentes.

Houve uma procissão esplêndida, danças circulares, o novo hino do qual já falei, e aquele lugar enorme inteiro pulsava de sentimentos: um maravilhamento profundo, a incrível expectativa de um novo milagre.

– Não há nada assim no país desde que a nossa Maternagem começou! – disse Somel para mim com delicadeza, enquanto assistíamos às marchas simbólicas. – É o início de uma nova era, sabe. Vocês não sabem quanto isso significa para nós. Não é apenas a Paternagem (essa parentalidade dupla incrível que desconhecemos, o milagre da união para fazer a vida), mas é também Fraternidade. Vocês são o resto do mundo. Vocês nos unem à sua gente, a todas as terras e pessoas desconhecidas que nunca vimos. Esperamos conhecê-las, amá-las e ajudá-las, além de aprender com elas. Ah! Vocês nem imaginam!

Milhares de vozes se ergueram no clímax daquele belo Hino à Vida Futura. No grande Altar da Maternidade, com sua coroa de frutas e flores, havia outro altar igualmente coroado. Diante da Grande Mãe Superiora da Terra Delas e de seu círculo de Conselheiras do Alto Templo, diante de uma enorme multidão de mães de fronte calma e solteiras de olhares divinos, nossas três escolhidas avançaram, e nós, os únicos três homens daquele país, demos as mãos para elas e fizemos nossos votos matrimoniais.

Nossas dificuldades

Dizemos que "o casamento é uma loteria" e que "casamentos são criações do Paraíso", mas esta última afirmação não é tão amplamente aceita quanto a outra.

Temos uma teoria bem fundamentada de que é melhor se casar "dentro da sua própria classe", e temos também suspeitas embasadas em relação a casamentos internacionais, que parecem persistir graças ao interesse no progresso social, em vez do interesse das partes contratuais.

Mas nenhuma combinação de raças diferentes, seja de cor, casta ou credo, encontrou dificuldades tão básicas de se estabelecer quanto a nossa: três homens norte-americanos modernos e essas três mulheres da Terra Delas.

Pode-se dizer que seria muito melhor se tivéssemos sido francos de antemão. Nós fomos francos. Debatemos (pelo menos Ellador e eu) sobre as condições da Grande Aventura, e pensávamos que o caminho estava limpo na nossa frente. Mas há alguns fatos que pressupomos acertados e mutuamente compreendidos, contudo ambas as partes podem se referir a eles várias vezes sem jamais querer dizer a mesma coisa.

As diferenças na educação média de um homem e de uma mulher são bem grandes, mas o homem quase nunca é incomodado por elas, uma vez que é bastante comum que ele mantenha sua perspectiva sobre as coisas. Pode até ser que a mulher imagine uma vida de casada diferente, mas o que ela imaginava, o que sabia e o que ela preferia não importavam de verdade.

Consigo ver com clareza e falar sobre isso com calma agora, escrevendo após vários anos e depois de ter passado por um período de pleno crescimento e educação, mas, na época, foi um progresso um pouco difícil para todos nós, sobretudo para Terry. Coitado do Terry! Veja só, em qualquer outro casamento imaginável entre pessoas deste planeta, não importa se a mulher é preta, vermelha, amarela, marrom ou branca, se é ignorante ou educada, submissa ou rebelde, ela traria consigo a tradição de casamento da nossa história em comum.

Essa tradição relaciona a mulher ao homem. Ele segue com seus negócios, e ela se adapta a ele e ao resto. Mesmo quando o assunto é cidadania, por algum estranho encanto, o local de nascimento da mulher é deixado de lado, e ela automaticamente recebe a nacionalidade do marido.

Bem, lá estávamos nós, três alienígenas naquele país de mulheres. Sua área era pequena e as diferenças externas não eram tão grandes a ponto de nos chocar. Todavia, ainda não tínhamos compreendido totalmente as diferenças entre a noção de raça daquele povo e a nossa.

Em primeiro lugar, elas eram uma "raça pura" que seguia assim há dois mil anos ininterruptos. Enquanto nós compartilhamos algumas formas de pensar e sentir, além de várias divergências quase sempre irreconciliáveis, aquelas mulheres concordavam com tranquilidade e firmeza sobre quase todos os princípios básicos da vida delas; e não apenas concordavam, mas estavam acostumadas a agir guiadas por tais princípios há sessenta gerações.

A Terra Delas

Essa é uma coisa que não compreendíamos muito bem, tampouco consentíamos. Quando, em nossas discussões pré-maritais, uma das adoráveis garotas dizia "nós achamos assim e assado" ou "acreditamos que isso e aquilo seja verdade", nós, homens, com nossas convicções profundamente enraizadas sobre o poder do amor e nossas perspectivas simplórias sobre crenças e princípios, carinhosamente achávamos que éramos capazes de convencê-las do contrário. O que imaginávamos, antes do casamento, importava tanto quanto o que uma inocente garota mediana imagina. Descobrimos que a realidade era diferente.

Não que elas não nos amassem; elas amavam, calorosa e profundamente. Mas, de novo, o amor tinha um significado diferente para elas e para nós.

Talvez pareça um pouco frio dizer "nós" e "elas" como se não fôssemos casais separados com nossas alegrias e tristezas particulares, mas nossa condição de estrangeiros nos aproximava constantemente. Toda aquela curiosa experiência estreitou nossa amizade, tornando-a mais íntima do que jamais seria possível durante uma vida livre e tranquila entre nosso próprio povo. Além disso, éramos uma unidade pequena, porém firme, de homens com nossa tradição masculina que remonta a muito além de dois mil anos contra aquela unidade bem maior de tradição feminina.

Acho que consigo elucidar as diferenças sem cair numa objetividade muito vergonhosa. O desacordo mais superficial era na questão do "lar", das atividades e dos prazeres domésticos que nós, por instinto e longa educação, imaginávamos ser inerentes às mulheres.

Darei dois exemplos, um exageradamente elevado e outro bastante inferior para mostrar quão desapontados ficamos nesse aspecto.

Para o mais baixo, tente imaginar uma formiga macho proveniente de um lugar onde as formigas vivem em pares. Esse macho estava se empenhando para se mudar e ir morar com uma formiga fêmea vinda de um formigueiro bastante desenvolvido. A formiga fêmea pode até tratá-lo de forma bastante afetuosa, mas seus conceitos de parentagem e gestão econômica estão numa escala muito diferente dos conceitos dele sobre as mesmas coisas. Então é claro que, se ela fosse uma fêmea perdida em um país de formigas que vivem em pares, ele poderia forçar a barra e fazer as coisas do seu jeito, já se ele fosse um macho perdido num formigueiro...

Para o exemplo mais elevado, imagine um homem devoto e apaixonado tentando se mudar para viver com uma mulher anja, uma anja de verdade com asas, harpa e halo, acostumada a executar missões divinas em todo o espaço interestelar. Essa anja pode amar o homem com uma afeição muito além da capacidade dele de retribuir ou apreciar, mas os conceitos dela sobre prestatividade e dever estão numa escala bastante diferente dos conceitos dele. É claro que se ela fosse uma anja perdida na terra dos homens, ele poderia forçar a barra e fazer as coisas do seu jeito, já se ele fosse um homem perdido entre anjas...

Quando estava na pior, vivenciando uma fúria tenebrosa pela qual eu, como homem, preciso demonstrar alguma compaixão, Terry preferia a comparação das formigas. Falarei mais sobre Terry e seus problemas particulares. Foi difícil para o Terry.

Já Jeff, bem... Jeff sempre teve características boas demais para este mundo! Ele é do tipo que se tornaria um santo sacerdote na era pré--parental. Ele aceitava a teoria das anjas, engolia por inteiro, e tentava forçá-la em nós, obtendo efeitos diversos. Venerava Celis demais, e não apenas Celis, mas tudo o que ela representava; estava profundamente convencido das vantagens quase sobrenaturais daquele país e daquela gente, que aceitava o tratamento que nem... Não posso dizer "que nem homem", mas mais como se não fosse um homem.

Não me interprete mal. O querido e velho Jeff não era frouxo nem mimado. Era um homem forte, corajoso e eficiente, e um lutador excelente, quando era preciso lutar. Mas ele sempre teve essa aura angelical. Era de admirar que Terry, tão diferente dele, realmente amasse Jeff da forma que amava, mas creio que isso aconteça de vez em quando, apesar das diferenças (quiçá até por causa delas).

Quanto a mim, eu ficava no meio do caminho. Não era nenhum Lotário leviano como Terry, tampouco um Galaaz como Jeff. Mas, apesar de todas as minhas limitações, acho que estava acostumado a usar o cérebro para refletir sobre meu comportamento com mais frequência que os dois. E tive que usá-lo bastante também, você pode ter certeza.

A grande questão entre nós e nossas esposas, como não deve ser difícil de imaginar, era a própria natureza da relação.

– Esposas! Não me venham falar de esposas! – explodiu Terry. – Elas não sabem o que essa palavra significa.

E era exatamente isso: elas não sabiam. Como saberiam? Voltando aos registros pré-históricos de poligamia e escravidão, não havia ideais esponsais como conhecemos agora, e elas não tiveram a oportunidade de desenvolver algo assim desde então.

– Quando elas pensam nos homens, só falam em PATERNAGEM! – disse Terry com muito desdém. – PATERNAGEM! Como se a única coisa que os homens querem é se tornar PAIS!

Isso também estava correto. Elas tinham aquela experiência antiga, profunda e profusa da Maternagem, e sua única percepção do valor de uma criatura masculina era em função da Paternagem.

Além disso, é claro, havia todo aquele amor pessoal, um amor que, como Jeff verbalizou com seriedade, "ultrapassava o amor das mulheres". Isso também era verdade. Nem de longe consigo descrever a beleza e a força do amor que elas nos davam (nem mesmo agora, após uma experiência longa e feliz), tampouco a sensação que eu tinha na época, em meio àquele primeiro maravilhamento imensurável.

Até Alima (que tinha um temperamento mais explosivo do que as outras e, só Deus sabe, certamente também era muito mais provocada), até Alima era a personificação da paciência, da gentileza e da sabedoria em relação ao homem que ela amava, pelo menos até ele... Mas, calma, ainda não cheguei aí.

Aquelas nossas "supostas esposas", como Terry dizia, continuaram exercendo sua profissão de silvicultoras. Nós, sem nenhum conhecimento especial, havia tempos tínhamos sido qualificados como assistentes. Tínhamos que fazer alguma coisa, mesmo que fosse só para passar o tempo, e precisava ser algum trabalho; não podíamos ficar brincando para sempre.

A ocupação nos mantinha fora de casa com aquelas queridas garotas, mais ou menos juntos (às vezes, juntos demais).

Nessa época, já havíamos compreendido que aquelas pessoas tinham uma noção bastante elevada, aguçada e sensível sobre a privacidade pessoal, mas não faziam ideia do que era aquela SOLIDÃO A DOIS que tanto apreciávamos. Elas desenvolveram a teoria dos "dois quartos e um banheiro", e todas elas tinham esses aposentos. Desde a mais tenra infância, cada pessoa contava com uma suíte, e um dos marcos do envelhecimento era o acréscimo de um cômodo externo para receber as amigas.

Já tínhamos ganhado nossos próprios aposentos fazia bastante tempo e, por sermos de um sexo e de uma raça diferentes, eles ficavam em uma casa separada. Elas pareceram notar que ficaríamos mais tranquilos se pudéssemos clarear nossa mente em verdadeira reclusão.

Para nos alimentar, nós nos dirigíamos a qualquer comedoria que estivesse por perto e pedíamos para receber uma refeição ou a levávamos conosco para a floresta, e todas eram igualmente saborosas. Gostávamos e já tínhamos nos acostumado a esse esquema durante os dias de galanteio.

A Terra Delas

Após o casamento, contudo, um desejo inesperado por casas separadas surgiu em nós, mas não encontrou ressonância no coração daquelas belas damas.

– Mas nós ESTAMOS sozinhos, querido – explicou-me Ellador com uma paciência delicada. – Estamos sozinhos nessas grandes florestas, podemos sair e comer em qualquer casa de verão só nós dois, ou pedir uma mesa separada em qualquer lugar, ou até mesmo levar uma refeição para nossos próprios aposentos. Como poderíamos ficar mais sozinhos do que isso?

Isso tudo era verdade. Tínhamos nossa agradável solidão a dois durante o trabalho, e nossas agradáveis conversas noturnas nos dormitórios delas ou nos nossos; todos os prazeres do cortejo continuavam, mas não tínhamos aquela sensação de... Talvez seja preciso chamar de posse.

– Eu poderia muito bem nem ter me casado – reclamou Terry. – Elas só fizeram aquela cerimônia para nos agradar, para agradar a Jeff, principalmente. Elas não fazem ideia do que é ser casadas.

Tentei ao máximo entender o ponto de vista de Ellador e, é claro, explicar-lhe o meu. Obviamente o que nós, homens, queríamos fazê-las perceber é que havia outros usos (os quais, com orgulho, chamávamos de "mais elevados") a ser obtidos com aquela relação, para além do que Terry chamava de "mera parentalidade". Tentei explicar para Ellador da melhor forma que pude.

– Algo mais elevado que o amor mútuo e a esperança de gerar uma vida? – questionou ela. – Como algo pode ser mais elevado?

– É uma coisa que desenvolve o amor – expliquei. – Toda a potência do belo e constante amor romântico vem através desse desenvolvimento elevado.

– Você tem certeza? – perguntou ela com gentileza. – Como você sabe que se desenvolve assim? Há alguns pássaros que se amam tanto que ficam infelizes e deprimidos quando são separados, e nunca mais se juntam se um deles morre, mas só acasalam na época do acasalamento. No seu povo, a afeição elevada e duradoura surge à proporção que esse desejo é satisfeito?

Às vezes é bastante esquisito ter uma mente lógica.

É claro que eu conhecia aqueles pássaros e animais monogâmicos que ficam juntos pela vida inteira e demonstram sinais claros de mútua afeição sem estender a relação sexual para além do seu período original. Mas e daí?

– São formas de vida inferiores! – protestei. – Esses animais podem ser fiéis, afetuosos e, aparentemente, felizes. Mas, ó, minha querida! Minha querida! O que sabem sobre esse amor que nos une? Tocar em você, estar perto de você, me aproximar cada vez mais, me perder em você... Com certeza você também sente, não sente?

Eu cheguei mais perto. Peguei suas mãos.

Seus olhos estavam nos meus, gentis e radiantes, mas firmes e fortes. Havia algo tão poderoso, tão enorme e imutável naqueles olhos que não consegui sensibilizá-la com minha própria emoção, como eu inconscientemente tinha imaginado que aconteceria.

Aquilo me deu a sensação, como você pode imaginar, de ser um homem apaixonado por uma deusa... Porém não Vênus! Ela não se ressentiu com a minha atitude, não a repeliu e tampouco a temeu, evidentemente. Não havia nem sombra daquela ressalva tímida ou daquela bela resistência que são tão... provocantes.

– Sabe, meu amor – falou ela –, vocês precisam ter paciência conosco. Nós não somos como as mulheres do seu país. Nós somos Mães, e somos Pessoas, mas não somos especializadas nessa linha.

Nós, nós, nós! Para ela era muito difícil se pessoalizar. E, quando pensei nisso, de repente me lembrei de como estávamos sempre criticando as NOSSAS mulheres justamente por SEREM tão autocentradas.

Então fiz o melhor que pude para ilustrar a doce e intensa alegria dos amantes casados, e o resultado de tal alegria como um estímulo sublime a todo o tipo de trabalho criativo.

– Então você quer dizer que, na sua sociedade, quando as pessoas se casam, elas fazem isso durante a temporada e fora dela, sem nem pensar em ter filhos? – perguntou ela com calma, como se eu não estivesse segurando suas mãos firmes e frias nas minhas mãos quentes e um pouco trêmulas.

– Isso – respondi com certa amargura. – Elas não são só pai e mãe. São homem e mulher, e se amam.

– Por quanto tempo? – perguntou Ellador de forma um pouco inesperada.

– Por quanto tempo? – repeti um tanto agitado. – Ora, por toda a sua vida.

– Há algo de muito belo nesse conceito – admitiu ela, ainda como se estivéssemos debatendo a vida em Marte. – Vocês transformaram essa expressão máxima, que tem um único propósito em todas as outras formas de vida, em um elemento especializado utilizado para fins mais elevados, puros e nobres. E o efeito sobre o caráter das pessoas é o mais enobrecedor possível (imagino, pelo que você me diz). Vocês não se casam só por causa da parentalidade, mas também em busca dessa troca única, e o resultado é um mundo repleto de amantes constantes, ardentes, felizes e mutuamente devotos, vivendo numa maré sempre alta de suprema emoção que pensávamos existir apenas durante um período e servir para um único fim. E você está dizendo que ela traz outros resultados, estimulando todo o tipo de trabalho criativo. Isso deve significar uma torrente, um oceano de trabalho aflorado a partir dessa felicidade intensa vivenciada por todos os casais! É uma ideia belíssima!

Ela ficou em silêncio, pensando.

Eu também.

Soltou uma das mãos e começou a acariciar meu cabelo de modo gentil e maternal. Apoiei minha cabeça quente em seu ombro e experimentei uma difusa sensação de paz, uma tranquilidade bastante agradável.

– Você precisa me levar lá algum dia, meu querido – disse ela. – Não só porque eu o amo muito, mas também porque quero ver seu país, suas pessoas, sua mãe... – pausou ela com reverência. – Ó, como amarei sua mãe!

Eu não tinha me apaixonado muitas vezes, minha experiência nem se comparava à de Terry. Mas o que eu já tinha vivido era tão diferente daquilo que me deixava perplexo e cheio de sentimentos confusos. Enquanto, por um lado, crescia entre nós uma consonância, uma sensação agradável de calma plácida que eu supunha ser possível conseguir apenas de um jeito, por outro havia um ressentimento complicado porque o que encontrei não era o que eu procurava.

Tudo culpa daquela sua psicologia! Graças ao seu sistema educacional rico e altamente desenvolvido, elas cresciam tão imersas naquilo que, mesmo quando não eram professoras de profissão, todas tinham uma proficiência geral no assunto, era como uma segunda natureza para elas.

E nunca uma criança aos berros implorando por um biscoito entre as refeições foi mais sutilmente distraída com blocos de montar do que eu ao perceber que aquela minha demanda, aparentemente imperativa, tinha desaparecido sem que eu percebesse.

E o tempo todo aqueles olhos maternos, gentis e cientificamente aguçados percebiam a situação e as circunstâncias e sabiam "segurar as rédeas do tempo" a fim de evitar uma discussão antecipada.

Eu fiquei impressionado com os resultados. Descobri que uma parte, uma grande parte, do que eu honestamente imaginava ser uma necessidade fisiológica era, na verdade, psicológica (ou eu achava que era). Notei que depois que minha percepção sobre o que era essencial mudou, meus sentimentos também mudaram. E, acima de tudo, descobri que aquelas mulheres não eram provocativas. E isso tinha um peso enorme e fez uma diferença imensa.

Aquilo sobre o que Terry reclamara tanto quando chegamos (que elas não eram femininas, que lhes faltava charme) agora tinha se tornado um grande conforto. Sua beleza vigorosa era um prazer estético, não irritante. Suas vestimentas e seus ornamentos não tinham aquele toque de "mostro ou não mostro".

Até minha querida Ellador, minha esposa, que por um tempo revelou ter um coração de mulher ao se deparar com aquela estranha e nova esperança pela alegria de uma parentalidade dupla, depois de um período voltou ao estado de camaradagem que assumira antes. Elas eram mulheres, ALÉM DE TUDO, e isso era tão forte que, quando optavam por não permitir que suas características mulheris aparecessem, você não as encontrava em lugar algum.

Não estou falando que foi fácil para mim, porque não foi. Mas, quando eu apelava à sua compaixão, me defrontava com outra fortaleza imóvel. Ela realmente lamentava por minhas aflições e fazia várias sugestões, com frequência bastante úteis, além da sábia antecipação que mencionei antes, o que nos poupava de quaisquer dificuldades antes que surgissem; contudo, sua compaixão não mudava suas convicções.

– Se eu achasse que fosse mesmo certo e necessário, talvez eu me esforçasse para fazer isso pelo seu bem, meu querido; mas eu não quero... Não quero nem um pouco. Você não aceitaria uma simples submissão, não é mesmo? Tenho certeza de que esse não é o tipo de amor romântico e elevado do qual você fala, não é? Sinto muito por você ter que ajustar suas faculdades altamente especializadas às nossas não especializadas.

Maldição! Eu não tinha me casado com a nação, e falei isso a ela. Mas ela apenas riu das próprias limitações e explicou que tinha que "pensar como nós".

Maldição de novo! Aqui eu queria focar todas as minhas energias num único desejo e, antes que pudesse perceber, ela as tinha dissipado para uma direção ou outra, diluindo-as em algum tema de discussão que surgia no momento e terminava a quilômetros de distância.

Não pense que eu era repelido, ignorado, deixado à mercê cultivando lamentações. Longe disso. Minha felicidade estava nas mãos de uma comunidade de mulheres muito maior e mais gentil do que eu imaginara. Talvez meu próprio entusiasmo tenha me cegado para tudo isso antes do nosso casamento. Eu estava loucamente apaixonado não tanto pelo que existia, mas pelo que eu imaginava existir. Agora, tinha descoberto um país infinitamente belo e escondido a ser explorado e, nele, a mais delicada sabedoria e compreensão. Era como se eu tivesse chegado a um lugar novo com pessoas novas e só quisesse saber de comer por horas a fio, sem me interessar por nada em particular, e em vez de as minhas anfitriãs falarem "Você não pode comer", despertaram em mim um desejo vívido por música, imagens, jogos, exercícios, brincadeiras na água, manuseio de máquinas engenhosas e, naquela vastidão de satisfações, eu esquecesse aquilo que não tinha sido satisfeito, e conseguisse ficar muito bem até a hora da refeição.

Um desses truques mais inteligentes e geniais só ficou claro para mim muitos anos depois, quando estávamos tão inteirados nesse assunto que eu já conseguia rir do meu apuro. Era o seguinte: na nossa sociedade, distinguimos as mulheres o máximo possível, acentuando bastante sua feminilidade, sabe. Nós, homens, temos nosso próprio mundo formado apenas por homens, quando cansamos da nossa ultramasculinidade, ficamos felizes em buscar a ultrafeminilidade. Ademais, ao manter nossas mulheres o mais femininas possível, percebemos que, quando vamos atrás delas, aquilo que queremos está sempre em evidência. Pois bem, a atmosfera desse lugar era qualquer coisa, menos sedutora. Só a quantidade de mulheres, sempre em relações pessoais, as tornava tudo, menos atraentes. Apesar disso, quando meus instintos hereditários e minhas tradições raciais me faziam ansiar por aquela resposta feminina em Ellador, ela, em vez de se afastar, fazendo com que eu a desejasse ainda mais, me oferecia sua companhia um pouco além da frequência normal, e sempre desfeminilizada. Na verdade, era uma coisa terrivelmente engraçada.

Lá estava eu com um Ideal na cabeça, pelo qual ansiava com ardor, e lá estava ela, deliberadamente forçando em minha consciência um Fato (um fato que eu apreciava calmamente, mas que, na verdade, interferia no que eu queria). Agora percebo com bastante clareza por que uma determinada categoria de homens, como *sir* Almroth Wright, se ressente com o desenvolvimento profissional das mulheres. Ele estorva o ideal sexual, uma vez que esconde temporariamente e exclui a feminilidade.

É claro que, nesse caso, eu adorava tanto a Ellador minha amiga, a Ellador minha companheira profissional, que decerto aproveitava sua companhia de qualquer forma. Mas, depois de ficar dezesseis horas por dia com ela, em toda a sua capacidade desfeminilizada, eu conseguia muito bem ir para o meu quarto e dormir sem precisar sonhar com aquela mulher.

Feiticeira! Se teve alguém que se esforçou em persuadir, conquistar e segurar uma alma humana foi ela, aquela supermulher. Na época eu não assimilava nem metade daquela habilidade, daquele milagre. Mas logo comecei a descobrir que debaixo da mentalidade que cultivávamos em relação às mulheres havia um sentimento mais antigo, mais profundo e mais "natural", uma reverência tranquila que admirava o sexo da Mãe.

Então nossa felicidade e nossa alegria cresceram, tanto as minhas e de Ellador quanto as de Jeff e Celis.

Mas, quando falamos de Terry e Alima, eu sinto pena... e vergonha. É claro que a culpo um pouco também. Ela não era uma psicóloga tão boa quanto Ellador, e acho que tinha uma característica atávica antiga de feminilidade acentuada que nunca aparecera antes, até Terry instigá-la. Mas isso não exime a culpa dele. Eu não tinha percebido a verdadeira índole de Terry; e nem poderia, pois sou um homem.

A situação deles era a mesma que a nossa, é claro, mas com algumas distinções: Alima era um pouco mais provocante e, na prática, muito menos habilidosa como psicóloga, Terry era cem vezes mais exigente e cem vezes menos racional.

A coisa entre eles logo ficou feia. No princípio, quando estavam juntos, ela com sua esperança de parentalidade e ele com sua ansiedade aguda por uma conquista, eu achava que Terry estivesse sendo egoísta. Na verdade, eu tinha certeza, graças às coisas que ele dizia.

– Nem me venha com essa – interrompeu ele Jeff um dia, pouco antes dos nossos casamentos. – Nunca houve uma mulher que não gostasse de ser DOMINADA. Essa sua conversinha-fiada é inútil. Eu SEI disso.

E, em seguida, Terry murmurou:

– Achei diversão onde a busquei. Nos bons tempos saí e vaguei por aí. As coisas que aprendi com as pretas e amarelas, me ajudaram a pegar uma branquela.

Jeff ficou irado e se afastou dele na ocasião. Eu mesmo fiquei um pouco incomodado.

Coitado do velho Terry! As coisas que ele tinha aprendido não o ajudaram nem um pouco na Terra Delas. Teve a ideia de dominar, achava que era por aí que tinha que ser. Ele pensava, acreditava honestamente, que as mulheres gostavam disso. Não as mulheres da Terra Delas! Não Alima!

A Terra Delas

Eu me lembro agora... Um dia, na primeira semana de casado, ela chegou para trabalhar dando passadas longas e determinadas, a boca retesada, e colou em Ellador. Não queria ficar sozinha com Terry, dava para perceber.

Mas, quanto mais ela se afastava, mais ele a queria, naturalmente.

Ele deu um escândalo enorme sobre os aposentos separados, tentou prendê-la no quarto dele, tentou ficar no quarto dela. Contudo, ela impôs seu limite com clareza.

Uma noite, ele saiu para andar pisando duro pela rua, xingando baixinho. Eu também fazia uma caminhada naquela hora, mas não estava no mesmo estado de espírito dele. Se você o ouvisse tão furioso, não acreditaria que amava Alima; talvez pensasse que ela era uma presa que ele estava caçando, algo a ser capturado e conquistado.

Acho que, graças a todas aquelas diferenças que já mencionei, eles logo perderam as similaridades que tinham encontrado no começo, e eram incapazes de se encontrar de forma saudável e desafeiçoada. Também acho (e isso é pura especulação) que ele tinha conseguido tirar Alima do prumo, da sua sã consciência, e que, depois disso, talvez a própria sensação de vergonha dela e a reação à coisa toda a tenham feito se lamentar.

Eles brigavam, brigavam de verdade, e, depois de fazer as pazes uma ou duas vezes, parecia que tinham terminado de vez; ela não ficava sozinha com ele de jeito nenhum. E talvez tenha ficado um pouco preocupada, não sei, pois pediu para Moadine ficar nos aposentos adjacentes aos seus. Além do mais, solicitou que uma assistente robusta a acompanhasse no trabalho.

Terry tinha as próprias ideias, como já tentei demonstrar. Ouso dizer que pensava ter o direito de fazer o que fez. Talvez até estivesse convencido de que seria melhor para ela. De toda forma, entrou no quarto dela uma noite...

As mulheres da Terra Delas não têm medo dos homens. Por que deveriam? Elas não são nem um pouco tímidas. Não são fracas, todas têm corpo forte, atlético e bem treinado. Otelo não conseguiria acabar com Alima usando um travesseiro, como se ela fosse uma rata.

Terry colocou em prática sua terrível convicção de que as mulheres amam ser dominadas e, usando toda sua força bruta, no auge do orgulho e da paixão da sua intensa masculinidade, tentou dominar essa mulher.

Não deu certo. Ellador me contou tudo em detalhes posteriormente, mas, na época, o que ouvimos foi o barulho de uma briga gigantesca, e Alima chamando Moadine, que estava ali do lado e apareceu logo, com uma ou duas outras mulheres fortes e sérias na sua cola.

Terry se debateu que nem louco; poderia tê-las matado com prazer (ele próprio me disse isso), mas não conseguiu. Quando levantou uma cadeira acima da cabeça, uma delas saltou no ar e a pegou, duas se jogaram em cima dele e o forçaram a se deitar no chão; demorou apenas alguns segundos para amarrarem suas mãos e seus pés e, em seguida, por compaixão por aquela raiva inútil, o anestesiaram.

Alima estava furiosa. Ela o queria morto, de verdade.

Houve um julgamento perante a Mãe Superiora local e aquela mulher, que não tinha gostado de ser dominada, defendeu seu caso.

Se aquilo tivesse acontecido numa corte do nosso país, certamente teriam afirmado que ele estava "no seu direito". Mas aquele não era nosso país, era o país delas. Pareciam medir a grandeza da ofensa pelo efeito que aquilo teria em uma possível paternagem, e ele as achincalhou até ao defender seu ponto.

Permitiu que o levassem à corte uma vez e afirmou abertamente que elas eram incapazes de compreender as necessidades de um homem, os desejos de um homem, o ponto de vista de um homem. Ele as chamou de criaturas assexuadas, hermafroditas, frias, assexuais. Falou até que poderiam matá-lo, como tantos insetos fazem, mas que continuaria desprezando-as.

E todas aquelas mães sérias não pareceram se importar com o desprezo dele, não se importaram nem um pouco.

Foi um julgamento longo e vários pontos interessantes sobre a visão delas em relação aos nossos costumes foram levantados e, depois de um tempo, Terry recebeu sua sentença. Ele aguardou, carrancudo e desafiador. A sentença foi: "Você tem que voltar para casa!".

Expulsos

Todos nós pretendíamos voltar para casa. Na verdade, JAMAIS pensamos em ficar por tanto tempo. Mas nenhum de nós gostaria de ser expulso, rejeitado, mandado embora por má conduta.

Terry disse que tinha gostado. Professou um grande desdém pela penalidade, pelo julgamento e por todas as outras características daquele "país miserável de meia-tigela". Mas ele sabia, e nós também, que nenhum país de "tigela inteira" nos teria tratado de forma tão compassiva como tínhamos sido tratados ali.

– Se as pessoas tivessem vindo nos buscar conforme as orientações deixadas, a história teria sido bem diferente! – disse Terry. Depois descobrimos por que nenhum grupo reserva tinha chegado. Todas as nossas cuidadosas coordenadas foram destruídas num incêndio. Poderíamos ter morrido ali, e ninguém jamais saberia do nosso paradeiro em casa.

Terry estava sob vigilância constante agora, foi considerado perigoso e culpado por algo que elas definiram como um pecado sem perdão.

Ele zombou daquele seu pavor ansioso.

– Um bando de velhotas! – ele as chamava. – São todas velhotas, até as crianças. Não sabem de nada sobre Sexo.

Quando Terry se referia a SEXO com esse maiúsculo, aludia ao sexo masculino, obviamente; seus valores especiais, sua profunda convicção de ser a "força da vida", sua ignorância alegre sobre o verdadeiro processo vital e sua interpretação do outro sexo somente a partir do próprio ponto de vista.

Eu tinha aprendido a ver essas coisas de forma bastante diferente desde que comecei a viver com Ellador; quanto a Jeff, ele estava tão seduzido pela Terra Delas que não conseguia ficar a favor de Terry, no momento bastante infeliz em seu novo confinamento.

Moadine, séria e forte, com a mesma paciência triste de uma mãe em relação a um filho degenerado, mantinha guarda constante sobre ele e ficava com algumas outras mulheres por perto para impedir um novo surto. Ele não tinha armas e sabia muito bem que toda a sua força era quase inútil contra aquelas mulheres silenciosas e centradas.

Podíamos visitá-lo à vontade, mas ele só tinha um quarto e um pequeno jardim de muros altos para passear enquanto nossa partida estava sendo preparada.

Três de nós iríamos: Terry (porque era obrigado), eu (porque era mais seguro fazer o voo e a longa viagem de barco pela costa em dupla) e Ellador (porque ela não me deixava ir sozinho).

Se Jeff tivesse decidido voltar, Celis teria ido também (eles eram os amantes mais próximos), mas Jeff não tinha a menor vontade de fazer isso.

– Por que eu voltaria para aquela nossa terra cheia de barulho e sujeira, vícios e crimes, doenças e degeneração? – indagou-me ele em particular. Nunca falávamos assim na frente das mulheres. – Eu não levaria Celis lá por nada neste mundo! – insistiu. – Ela iria morrer! Morreria de horror e de vergonha ao ver nossas periferias e nossos hospitais. Como você consegue arriscar fazer isso com Ellador? É melhor ser educado e fazê-la desistir antes que ela se convença de uma vez por todas.

Jeff estava certo. Eu deveria ter contado mais do que contei sobre todas as coisas que tínhamos e das quais eu me envergonhava. Mas é muito difícil ultrapassar o abismo da diferença profunda que existe entre a nossa vida e a delas. De toda forma, tentei fazer isso.

– Meu amor, preciso falar uma coisa – comecei. – Se você realmente quiser ir comigo para o meu país, é preciso se preparar para ficar um pouco chocada. Ele não é tão belo quanto este; quero dizer, eu me refiro às partes civilizadas, é claro que o campo é bonito também.

– Eu gostarei de tudo – falou ela com os olhos brilhando de esperança. – Entendo que seu país não é como o nosso. Imagino quão monótona nossa vida tranquila deva parecer para vocês, e quão mais agitada deve ser a sua. Deve parecer a mudança biológica da qual você me falou quando o segundo sexo foi introduzido: um movimento muito maior, uma mudança constante com novas possibilidades de crescimento.

Expliquei a ela sobre as teorias biológicas mais recentes sobre os sexos, e ela ficou profundamente convencida das grandes vantagens de ter dois, da superioridade de um mundo com homens.

– Fizemos o que foi possível sozinhas, talvez tenhamos algumas coisas melhores de um jeito tranquilo, mas vocês têm o mundo inteiro (e todas as pessoas das diferentes nações, toda a antiga e rica história pregressa, todas as maravilhas do novo conhecimento). Ó, mal posso esperar para ver!

O que eu podia fazer? Expliquei-lhe com muitos detalhes que tínhamos nossos próprios problemas sem solução, desonestidade e corrupção, vícios e crimes, doenças e insanidade, prisões e hospitais, nada disso pareceu impressioná-la. Era como se eu tivesse falado sobre a temperatura do Círculo Polar Ártico a uma habitante das Ilhas dos

Mares do Sul. Intelectualmente ela percebia que aquelas coisas eram ruins, mas não conseguia SENTI-LAS.

Aceitamos com certa facilidade a vida da Terra Delas como uma vida normal, porque realmente era; nenhum de nós protestava por mais saúde, paz e felicidade. E ela nunca tinha conhecido a vida anormal, a qual estávamos tão tristemente acostumados.

As duas coisas sobre as quais ela mais gostava de ouvir e que mais queria ver eram a bela relação matrimonial e as mulheres adoráveis que eram mães e nada mais; além disso, sua mente aguçada e ativa estava sedenta pela vida mundana.

– Estou quase tão ansiosa para ir quanto você – insistiu ela. – E olha que você deve estar com uma saudade desesperada de casa.

Eu lhe garanti que ninguém conseguia ficar com saudade em um paraíso como o delas, mas ela não acreditou em mim.

– Ó, sim... Sei. É como aquelas pequenas ilhas tropicais das quais você me falou, brilhando como joias no grande mar azul... Mal posso esperar para ver o mar! As ilhazinhas podem ser tão perfeitas quanto um jardim, mas vocês sempre querem voltar para a sua cidade grande, não querem? Mesmo ela tendo seus pontos fracos?

Ellador estava mais do que disposta. Contudo, quanto mais se aproximava o momento da nossa partida, quando eu a levaria comigo para a nossa "civilização" depois de sentir aquela sua beleza e paz tranquilas, mais eu temia e tentava explicar.

É claro que senti saudade de casa no começo, quando éramos prisioneiros e antes de ficar com Ellador. E é claro que antes eu tinha meio que idealizado meu país e seus modos aos descrevê-los. Ademais, sempre aceitei certos males como uma parte fundamental da nossa civilização, e nunca tinha refletido muito sobre eles. Mesmo quando tentei contar as piores coisas a ela, não me lembrei de certos aspectos que a impressionaram de imediato, de um jeito que jamais aconteceu comigo. Agora que estou me esforçando para explicar, começo a perceber os dois lados com mais intensidade que antes, noto os defeitos doloridos da minha própria terra e as vantagens maravilhosas da Terra Delas.

    Quando sentíamos falta dos homens, nós, os três visitantes, naturalmente também sentíamos falta da maior parte da vida e, de maneira inconsciente, presumíamos que elas sentissem o mesmo. Demorei bastante tempo para perceber (Terry jamais percebeu) quão pouco aquilo significava para elas. Quando falamos sobre HOMENS, HOMEM, MASCULINO, MASCULINIDADE e várias outras palavras derivadas, lá no fundo da nossa cabeça surge uma imagem vaga e gigantesca do mundo e de todas as suas atividades. Crescer e "virar homem", "agir como homem"... Os significados e as conotações são realmente inúmeros. Nosso passado é repleto de fileiras de homens em marcha, de sucessões de linhagens de homens, de grandes procissões de homens; homens conduzindo seus barcos pelos novos mares, explorando montanhas desconhecidas, domando cavalos, criando gado, arando, semeando e colhendo, trabalhando na forja e na fornalha, cavando nas minas, construindo estradas e pontes e grandes catedrais, gerenciando grandes empresas, ensinando em todas as universidades, pregando em todas as igrejas; homens em todos os lugares fazendo tudo: "o mundo".

    E quando dizemos MULHERES, pensamos em FÊMEAS: o sexo.

    Mas, para as mulheres daquela civilização feminina desenvolvida ininterruptamente por dois mil anos, a palavra MULHER carregava todo esse amplo contexto de desenvolvimento social, e a palavra HOMEM, para elas, significava apenas MACHO: o sexo.

    É claro que podíamos CONTAR a elas que os homens faziam tudo no nosso mundo, mas isso não mudava o contexto que elas traziam consigo. Dizer que os homens, "os machos", faziam todas essas coisas era uma afirmação, e não mudava o ponto de vista delas, assim como o nosso ponto de vista também não mudou quando nos deparamos com o fato impressionante (para nós) que, na Terra Delas, as mulheres eram "o mundo".

A Terra Delas

Estávamos morando ali há mais de um ano. Aprendemos sobre sua breve história e suas linhagens diretas, constantes e progressivas, que se aprimoraram e alcançaram rapidamente o conforto tranquilo da vida atual. Aprendemos um pouco sobre sua psicologia, um campo muito mais amplo que a história, o qual, contudo, não conseguimos acompanhar tão prontamente. Nós nos acostumamos a não ver mais as mulheres como fêmeas, e sim como pessoas; pessoas diferentes executando todo tipo de trabalho.

Aquele surto do Terry e a forte reação delas contra ele iluminaram sua genuína feminilidade de uma forma diferente. Tanto Ellador quanto Somel me explicaram isso com bastante clareza. O sentimento era semelhante à repulsa e ao horror que sentiríamos perante alguma blasfêmia descomunal.

Elas não tinham nem a mais fugaz percepção disso, pois não conheciam nada sobre nosso costume de satisfação marital. Para elas, o elevado propósito da maternagem tinha sido a lei regente de suas vidas por muito tempo e, embora soubessem da contribuição do pai, ela apenas significava outro meio para o mesmo fim, de forma que, mesmo que se esforçassem muito, não conseguiam entender o ponto de vista da criatura macho que deseja ignorar a paternidade e buscar apenas aquilo que chamamos belamente de "as alegrias do amor".

Quando tentei contar a Ellador que nossas mulheres faziam a mesma coisa, ela se afastou de mim e se esforçou bastante para tentar assimilar intelectualmente uma coisa com a qual não simpatizava nem um pouco.

– Você está me dizendo que, na sua sociedade, o amor entre um homem e uma mulher se expressa desse jeito… Sem pensar na maternagem? Na parentalidade, quero dizer – acrescentou ela com cuidado.

– Sim, certamente. Nós pensamos no amor, no amor profundo e doce entre duas pessoas. É claro que queremos ter filhos, e os filhos vêm, mas não é nisso que pensamos.

– Mas... mas... parece tão contra a natureza! – concluiu ela. – Nenhuma das criaturas que conhecemos faz isso. No seu país os outros animais...?

– Nós não somos animais! – retruquei de forma um pouco grosseira. – Quero dizer, nós somos algo a mais... somos mais elevados. É uma relação muito mais nobre e bela, como já expliquei antes. Sua visão em relação a nós nos parece um pouco... Como posso dizer... Prática? Prosaica? Só um meio para chegar a um fim! Para nós... Ó, minha querida garota, você não consegue perceber? Não consegue sentir? É a derradeira, mais adorável e mais elevada consumação do amor mútuo.

Ela estava visivelmente impressionada. Tremeu em meus braços conforme eu a abraçava apertado, beijando-a com vontade. Contudo, surgiu em seus olhos aquele olhar que eu já conhecia bem, um olhar distinto e remoto, como se ela tivesse ido para longe, mesmo eu a segurando tão perto, e agora me observasse a distância a partir de alguma montanha nevada.

– Eu consigo sentir muito bem – falou. – E, sem dúvida, isso me faz ter uma compaixão profunda pelo que você está falando, algo ainda mais forte. Mas o que eu sinto, e até o que você sente, meu amor, não me convence de que isso está certo. Enquanto eu não tiver certeza, obviamente não poderei fazer o que você quer.

Em momentos como esse, Ellador sempre me lembrava Epiteto. "Colocarei você na prisão!", seu mestre dizia. "Meu corpo, você quer dizer", Epiteto respondia com calma. "Decapitarei sua cabeça!", seu mestre dizia. "E eu disse que minha cabeça não poderia ser decapitada?" Era uma pessoa difícil, o Epiteto.

Que milagre é esse que faz com que uma mulher se retire, mesmo estando em seus braços, desaparecendo completamente até se tornar tão inacessível quanto a encosta de um penhasco?

– Tenha paciência comigo, querido – pedia ela com delicadeza. – Eu sei que é difícil para você. E estou começando a entender, um pouco, o que levou Terry a cometer aquele crime.

– Ah, vai, você está pegando pesado com ele. Afinal de contas, Alima era sua esposa, não era? – redargui num ímpeto súbito de compaixão pelo coitado do Terry. Deve ter sido uma situação insuportável para um homem da sua índole e com seus hábitos.

Mas Ellador, apesar de toda a sua vasta cognição intelectual e da enorme complacência para a qual sua religião a treinara, não conseguia aceitar aquela brutalidade, que era um sacrilégio para elas.

Isso era o mais difícil de explicar, porque nós três, em nossas constantes conversas e aulas sobre o resto do mundo, obviamente tínhamos evitado o lado desagradável dele, nem tanto por vontade de enganá-las, mas por desejar apresentar o melhor da nossa civilização em face da beleza e do conforto da delas. Além disso, realmente achávamos que algumas coisas eram corretas ou, ao menos, inevitáveis, e, quando percebíamos que elas considerariam algo repugnante, nem tocávamos no assunto. E, de novo, estávamos tão acostumados a vários aspectos da nossa vida que nem pensávamos que valia a pena descrevê-los. E tem mais, havia uma inocência tão gigantesca naquelas mulheres em relação a muitas das coisas que de fato contamos que elas nem sequer se impressionavam.

Estou enfatizando bastante isso para elucidar como Ellador teve uma impressão inesperadamente forte de tudo ao enfim adentrar na nossa civilização.

Ela me pediu para ter paciência, e fui paciente. Eu a amava tanto, sabe, que até as restrições que ela estabelecia com tanta firmeza me deixavam feliz. Nós nos amávamos, e certamente isso já traz bastante felicidade.

Não pense que aquelas jovens moças recusaram totalmente a "Grande Nova Esperança", que era como chamavam a parentalidade dupla. Foi por ela que tinham concordado em se casar conosco, embora a parte do matrimônio tenha sido mais uma concessão para nossa cisma do que para as próprias. Para elas, o processo era sagrado; e pretendiam mantê-lo assim.

Mas, até aquele momento, apenas Celis, com seus olhos azuis flutuando em lágrimas de felicidade, o coração elevado por aquela maré de maternagem da raça que era sua paixão suprema, pôde anunciar com inefável alegria e orgulho que seria mãe. Era a "Nova Maternidade", como diziam, e o país inteiro ficou sabendo. Nenhum prazer, nenhum serviço e nenhuma honra eram negados a Celis naquele país. Saudaram esse novo milagre da união com um profundo maravilhamento e uma expectativa calorosa, quase com a mesma reverência arfante com a qual, dois mil anos atrás, aquele grupo cada vez menor de mulheres assistiu ao milagre do nascimento de uma virgem.

Naquele país, todas as mães eram sagradas. Havia muitos anos que elas tratavam a maternagem com o mais intenso e primoroso amor e anseio, com um Desejo Supremo, com aquela demanda sublime por uma filha. Todos os pensamentos relacionados aos processos da maternagem eram agradáveis e simples, embora sagrados. Todas aquelas mulheres colocavam a maternagem não apenas acima dos outros afazeres, mas tão acima que quase se podia dizer que não havia outros afazeres. O profuso amor mútuo que sentiam, a sutil interação entre amizade e prestatividade, a ânsia por ideias progressistas e inventivas, o sentimento religioso mais profundo, cada sensação e cada ato delas estavam relacionados a essa grande Força central, ao Rio da Vida que jorrava sobre elas e as tornava portadoras do próprio Espírito de Deus.

Aprendi tudo isso, e muito mais, com elas: nos livros, nas conversas e, sobretudo, com Ellador. A princípio, por um breve momento, ela teve inveja da amiga; um pensamento que afastou logo para nunca mais.

– É melhor assim – falou-me ela. – É melhor que ainda não tenha vindo para mim. Para nós, quero dizer. Pois, se irei com você para o seu país, nos aventuraremos "pela terra e pelo mar", como você diz – (e, de fato, fizemos isso) –, e isso pode mesmo não ser nada seguro para uma bebê. Então não tentaremos de novo, meu querido, até estarmos seguros. Está bem?

Era um pedido difícil a se fazer para um marido bastante apaixonado.

– Contudo – continuou ela –, se uma bebê vier, você me deixa aqui. Poderá voltar depois, sabe... E eu fico para ter a criança.

Foi então que meu coração se arrepiou ao sentir o ciúme masculino, antiquado e profundo da própria primogênita.

– Eu prefiro ter você, Ellador, a ter todas as filhas do mundo. Prefiro ter você comigo, do jeito que você quiser, a perdê-la.

Foi uma afirmação bastante estúpida. É claro que eu aceitaria! Pois, se ela não fosse comigo, eu a desejaria por inteiro, e não teria nada. Mas, se ela me acompanhasse como uma espécie de irmã sublimada (muito mais próxima e afetuosa do que isso, na realidade), eu poderia tê-la por completo, exceto aquela única coisa. E eu estava começando a entender que a amizade de Ellador, o companheirismo de Ellador, a afeição fraternal de Ellador, o amor perfeitamente sincero de Ellador (embora ela o mantivesse num certo comedimento) bastavam para que eu pudesse viver bastante feliz.

Acho bastante difícil descrever o que essa mulher era para mim. Falamos coisas bonitas sobre as mulheres, mas, no fundo do nosso coração, sabemos que são seres bastante limitados, pelo menos a maioria delas. Nós as honramos por suas capacidades funcionais, embora as desonremos pela forma como as usamos; as honramos por sua virtude cuidadosamente imposta, embora mostremos pela nossa própria conduta como menosprezamos tal virtude; sinceramente, nós as valorizamos pelas perversas atividades maternais que fazem das nossas esposas as serviçais mais cômodas que existem, vinculadas a nós pelo resto da vida recebendo o pagamento que nós mesmos definimos, todas as suas tarefas, excluindo-se aquelas temporárias relacionadas à maternidade, voltadas para atender completamente às nossas necessidades. Ó, nós as valorizamos, sim, "no seu devido lugar", que é o lar, onde elas executam aquela miscelânea de deveres descritos tão habilmente pela senhora Josephine Dodge Daskam Bacon, em cujas obras os serviços de uma "dama" são especificados com tanta minúcia. Ela é uma escritora bastante distinta, a senhora J.D.D. Bacon, e entende do assunto a partir do seu ponto de vista particular. Mas essa combinação de diligências, embora convenientes e, de certa forma, econômicas, não desperta o tipo de emoção exercida pelas mulheres da Terra Delas. Era preciso amar aquelas mulheres elevando-as bastante, em vez de as rebaixando.

Elas não eram animais de estimação. Não eram serviçais. Não eram tímidas, inexperientes nem fracas.

Depois que superei aquele orgulho perturbador (acredito sinceramente que Jeff nunca o sentiu, pois era um adorador nato, e que Terry nunca o superou, pois era bastante resoluto em suas convicções sobre "o lugar da mulher"), descobri que amar a mulher elevando-a causava uma ótima sensação. Era um sentimento estranho, bastante profundo, como se despertasse alguma consciência antiga, difusa e pré-histórica, uma sensação de que elas estavam certas, de que aquele era o jeito certo de sentir. Era como... Era como voltar para a casa da mãe. Não me refiro à mãe que usa conjuntinhos de flanela e faz biscoitos, àquela pessoa melindrosa que espera por você e o mima sem de fato conhecê-lo. Refiro-me ao que sente uma criança pequena que ficou perdida por muito tempo. Era a sensação de chegar em casa, de estar limpo, descansado, seguro e, ainda assim, livre, de sentir o amor que sempre esteve lá, ameno como o sol de maio, não quente como um forno ou um edredom, um amor que não irrita nem sufoca.

Olhei para Ellador como se nunca a tivesse visto antes.

– Se você não for, levarei Terry até a costa e voltarei sozinho – falei.

– Você pode jogar uma corda para que eu suba. E, se você for... Sua mulher maravilhosa e abençoada! Prefiro viver com você por toda a minha vida, desse jeito, a ficar com qualquer outra mulher que já vi ou com uma porção delas do jeito que eu quiser. Você vem comigo?

Ela estava ansiosa para ir. Então os planos continuaram. Ellador queria ter esperado para ver o Milagre de Celis, mas Terry não quis saber. Ele estava louco para se livrar daquilo tudo. Ficava enojado, dizia, ENOJADO com aquela eterna ladainha de mãe, mamãe, filhinha. Não acho que Terry tinha desenvolvido totalmente aquilo que os frenologistas chamam de "campo da filoprogenitividade".

– São um bando de tronchas malucas – ele as chamava, mesmo vendo da janela seu vigor e beleza esplêndidas; mesmo quando Moadine, paciente e amigável, como se jamais tivesse ajudado Alima a segurá-lo e amarrá-lo, ficava sentada ali no quarto, a imagem da sabedoria e força serena. – Assexuadas, epicenas, assexas subdesenvolvidas! – continuava ele com amargura. Terry realmente parecia *sir* Almroth Wright.

Bem... foi difícil. Na realidade, ele estava loucamente apaixonado por Alima, mais do que jamais havia estado, e seu namoro tumultuado cheio de brigas e reconciliações avivou aquela chama. Depois, quando tentou forçá-la a amá-lo como seu mestre através daquela conquista suprema que parece tão natural para esse tipo de homem, fazendo com que aquela mulher robusta, atlética e furiosa se levantasse e o dominasse (ela e suas amigas), não era de admirar que tinha ficado louco.

Parando para pensar agora, não me recordo de situação semelhante em toda a história ou na ficção. As mulheres se matam em vez de se submeterem a tal ofensa, matam o ofensor, escapam ou submetem-se (e, às vezes, parecem se dar muito bem com o vitorioso depois). Havia aquela aventura do "falso Sexto", por exemplo, que encontrou Lucrécia penteando suas lãs sob a luz da meia-noite. Pelo que me lembro, ele a ameaçou dizendo que, se ela não se submetesse, ele a mataria e também mataria um escravo que seria colocado ao seu lado, e depois afirmaria que o tinha encontrado ali. Sempre me pareceu um péssimo recurso. Se o senhor Lucrécio perguntasse a ele como tinha chegado ao quarto da esposa para averiguar sua moral, o que ele teria dito? Mas a questão é que Lucrécia se submeteu, e Alima não.

– Ela me chutou – confidenciou o prisioneiro amargurado; ele precisava conversar com alguém. – A dor fez com que eu me curvasse, é claro, e ela pulou em cima de mim e gritou chamando a harpia velha – Moadine não conseguia ouvi-lo –, e elas me imobilizaram rapidinho. Acho que Alima teria conseguido fazer isso sozinho – acrescentou ele com uma admiração relutante. – Ela é forte como um cavalo. E é claro que o homem fica indefeso quando atingido daquele jeito. Nenhuma mulher com o mínimo de decência...

Aquilo me fez dar um sorriso, e Terry também, amargurado. Ele não estava raciocinando muito bem, mas percebeu que um ataque daqueles não deixava margem para fazer considerações sobre a decência de ninguém.

– Eu daria um ano da minha vida para ficar sozinho com ela de novo... – falou lentamente apertando as mãos até os nós dos dedos empalidecerem.

Mas isso nunca mais aconteceu. Ela foi embora daquela parte do país, subiu em direção à floresta de abetos nas colinas mais altas e ficou por lá. Antes de partirmos, ele se desesperou pela vontade de vê-la, mas ela não veio e ele não podia sair. Elas o vigiavam como linces. (Fico me perguntando se linces vigiam melhor que gatas que caçam ratos!)

Pois bem. Tínhamos que ajeitar a aeronave e nos certificar de que restara combustível o suficiente, embora Terry afirmasse que seria possível planar até o lago depois de decolar. É claro que poderíamos ter ido embora em uma semana, mas havia muito a fazer no país por causa da partida de Ellador. Ela conversou com algumas das eticistas mais experientes, mulheres sábias com olhos calmos, e com as melhores professoras. Havia uma agitação profunda e animada por toda parte.

Nossos ensinamentos sobre o resto do mundo deram a elas a sensação de isolamento, de reclusão, de ser um pequeno país remoto, ignorado e esquecido na família das nações. Tínhamos falado "família das nações" uma vez, e elas adoraram o termo.

Estavam profundamente empolgadas pelo tema da evolução, na verdade, tudo relacionado às ciências naturais exerce uma atração irresistível sobre aquelas mulheres. Uma porção delas teria dado qualquer coisa para ir estudar naquelas terras estranhas e desconhecidas, mas só podíamos levar uma, e tinha que ser Ellador, obviamente.

Planejamos muito sobre o nosso retorno, sobre estabelecer uma rota de conexão fluvial, de penetrar naquelas vastas florestas e civilizar, ou exterminar, os selvagens perigosos. Quero dizer, nós, homens, falávamos essa última parte, não com as mulheres. Elas eram deliberadamente aversas a matar coisas.

Nesse meio-tempo, contudo, uma assembleia estava sendo realizada com as mais sábias de todas. As estudantes e pensadoras que colheram fatos sobre nós os analisaram, relacionaram e inferiram, estavam apresentando os resultados do seu trabalho para a assembleia.

Mal sabíamos nós que todas as nossas cuidadosas tentativas de dissimulação tinham sido descortinadas com tamanha facilidade, sem que jamais revelassem o que viam. Elas tinham acompanhado nossas palavras sobre a ciência da óptica, feito perguntas inocentes sobre óculos e coisas do tipo, e estavam cientes da visão deficiente tão comum entre nós.

Com muita sutileza, diversas mulheres fizeram perguntas diferentes em momentos variados e, juntando todas as nossas respostas como um quebra-cabeça, elaboraram uma espécie de gráfico sobre a prevalência de doenças entre nós. Com ainda mais argúcia, sem mostrar nenhum horror ou aversão, reuniram informações (bem distantes da realidade, mas, de certa forma, bastante claras) sobre pobreza, vícios e crimes. Conseguiram até fazer uma lista com uma boa quantidade de perigos aos nos questionarem sobre seguros e outras coisas inocentes.

Estavam bem informadas sobre as diferentes raças, começando pelos nativos com flechas envenenadas logo abaixo e se estendendo até as abrangentes divisões raciais sobre as quais tínhamos falado. Nunca fomos alarmados por uma expressão chocada ou por uma exclamação de revolta; elas estavam extraindo evidências esse tempo todo sem o nosso conhecimento e, agora, estudavam com uma seriedade fervorosa o que foi preparado.

O resultado foi um pouco perturbador para nós. Primeiro explicaram tudo para Ellador, uma vez que era ela quem visitaria o Resto do Mundo. Não contaram nada a Celis. Ela não deveria ser incomodada de forma alguma, já que toda a nação estava ansiando por seu Grande Trabalho.

Por fim, Jeff e eu fomos chamados. Somel e Zava estavam lá, e Ellador também, além de várias outras que já conhecíamos.

Elas trouxeram um globo grande, bem mapeado a partir daquela pequena seção de mapas do nosso compêndio. Tinham delineado vagamente os diversos povos da Terra e indicado seu nível de desenvolvimento civilizacional. Trouxeram gráficos e imagens e estimativas com base nos fatos daquele livrinho pérfido e naquilo que tinham aprendido conosco.

Somel explicou:

– Concluímos que, mesmo com toda a sua história, muito mais antiga que a nossa, com toda a troca de serviços, invenções e descobertas, com todo o maravilhoso progresso que tanto admiramos, ainda há muitas doenças, quase sempre contagiosas, nesse amplo Outro Mundo de vocês.

Confirmamos de imediato.

– Também há, em graus variados, ignorância, preconceito e falta de controle emocional.

Confirmamos isso também.

– Concluímos ainda que, apesar do avanço da democracia e do aumento da riqueza, ainda há desassossego e, às vezes, combates.

Sim, sim, confirmamos tudo. Estávamos acostumados àquelas coisas e não víamos motivo para tanta seriedade.

– Levando tudo isso em consideração – disseram, e não citaram nem um centésimo dos fatos que estava considerando –, não estamos dispostas a expor nosso país à livre comunicação com o resto do mundo... Pelo menos não agora. Se Ellador voltar e aprovarmos seu relato, poderemos fazer isso mais tarde... Mas não agora.

– Então queremos pedir a vocês, cavalheiros – (elas sabiam que considerávamos aquele um título de honra) –, que prometam jamais revelar o local deste país até obterem autorização; até Ellador retornar.

Jeff ficou totalmente satisfeito. Ele achava que elas estavam certíssimas. Sempre achou. Nunca vi um estranho ser neutralizado tão rapidamente quanto aquele homem na Terra Delas.

Estudei o assunto por um tempo, pensando no que passariam se algumas das nossas doenças contagiosas chegassem por ali, e concluí que estavam certas. Então concordei.

Terry era o empecilho.

– É claro que não! – protestou ele. – A primeira coisa que farei será montar uma expedição para forçar entrada na Mãelândia.

– Então – disseram elas com bastante calma – ele se tornará prisioneiro para sempre.

– Será melhor usar a anestesia – disse Moadine.

– E mais seguro também – acrescentou Zava.

– Eu acho que ele prometerá – falou Ellador.

E ele prometeu. E foi com tal acordo que, enfim, deixamos a Terra Delas.